文芸社セレクション

暇老人から見える世の中

——なんか変でねぇが!?

今野 幸正

KONNO Yukimasa

JN060834

文芸社

目　次

暇老人から見える世の中 ——なんか変でねぇが!?

はじめに

　風が微妙に変わっただけで、あぁ～天気が変わるのか
なぁ～などと感じた経験が誰しもあると思う！　晴れて
いた空に突然に雲が湧いたり、風が生暖かく変わったり
すると…気候の急変がしばしばある。

　農民は山や里の草木の育ち方や色付きの状態等でその
年の気候の状態と作物の生育を予測し、漁師は周りの景
色や海水の色や潮の流れ方の微妙な変化で漁の善し悪し
を判断するという。我々素人にはわからない微妙な変化
を長年の経験と体感で直感的に判断している。

　季節の風や気温の変化はとりわけ鳥の渡り、そして植
物の葉の色付き等に敏感に影響を及ぼしているのはご存
知のとおりである。ちなみに、気象予報士も生物季節観
測を取りいれて、例えば夏の梅雨入りと梅雨明けをタチ
アオイという長い茎に次々と花を付ける庭や道端に生
えている植物を参考にする場合もあるという。茎の下に
花を付けだすと梅雨入り、花が上の方になって咲き終わ
りに近づくと梅雨明けだと判断するのだそうだ。

　私は、定年を迎え暇な時間が多くなるにつれ、そうし
た身近の山々や木々そして草花など周りの変化にも改め

て気付くようになってきた。普段は気付かない薄暗い部屋の窓のカーテン越しの隙間から差し込む一筋の光にフワフワ舞う綿ゴミもたまに見える時がある。いつも綺麗にしている部屋だと思っていても、こんなにもゴミがあったのかと改めて思わされることもある。そんな身近な変化にも気付く余裕が出来たのだ！

　これまでいかに日々の生活に追われチマチマと流され、馬車馬のように目隠しをされて周りが見えなく走ってきたのかと今更ながら感じるこの頃だ。

　そして、今、特に気になるのは、今まで当たり前に見えていた世の中の慣習や動向が…なにか変ではないのかと思う事が多々あることだ。

　そうした感情は、年寄りは年寄りなりに、若者は若者なりに、それぞれが今まで生きて経験してきた人生のその中で何気なくふと立ち止まった時に感じることがあるのかもしれない。

　それでも季節であれ、世の中の流れであれ、ぼんやり見たり、立ち止まって考えたりする機会が極端に少なくなり、しかも忙しさですぐ忘れてしまう…。

　問題にしたいのは、これまでの私のように、世の中が——なにか変!?　あるいはおかしいのではないだろうか？と薄々感じつつも、日々の生活や忙しさに流されて考える暇さえなくなっている、あるいは、麻痺しているのが常態化していないだろうかということだ。

　世の中はあまりにも複雑化してしまい…何が人として歩むべき方角なのか？　それさえも見失いかねないそんな状況だと思う。

　例えば、春の広葉樹は細い枝葉がびっしり茂り太い幹も見えなくなるが、季節も移ろい冬が近くなると葉が落ちてこんなにも枝が複雑に伸び、幹も太かったのかぁ〜などと改めて気付いたりする。今の世の中も同様に枝葉は複雑に絡み合い何が真実か、何が正しい方角なのか見極めづらい！　茂った葉っぱが風に吹かれて大方が同じ方角に流されるように、誰かが向くとつられて疑うこともなく一斉にその方角に向かい、ただただ風に身を任せてしまっているように見えてならない…もしかしたら私たちが見ている現実の生活は枝葉のはるか先の方で、幹は見えていないのではないだろうか…とさえ思う。

　お互い向き合い指を顔に近づけ、あっち向をいてホィ〜と指先を指し示し相手を攪乱する遊びがあるが、ともすると本音から相手を攪乱するために用いられるそのような世の中の流れに易々と乗せられてしまっているような現実があるように思えて仕方がない！

　それは、メディアと通信網の発達であり、流行であり、体制であり、政治であり、宗教であり…この社会全体の様々な要素が絡み合い複雑でなんとも嫌な空気を醸し出し、静かにそしてなんとも言い難い嫌な微風で、あるいは予感で迫ってくる…。今、皆さんはそのように感

じていないだろうか？　そして、それに逆らってもしようがないし、いちいち気にしていたら日常生活ができない…と。

　しかし、ふとした時に、何かわからない不思議な感じで何だろうなぁ〜と頭をよぎったりする…。

　私は今、ほとんどテレビ番組は録画し早送りで見てチェックする。主にサイエンス・ドキュメンタリー・特集そして毎日の地域ニュース等…。ＴＶを見るのには理由がある、それは年を重ねたせいか小さい文字や文章を読むのが嫌になった事でＴＶを見始めた。それは利点もあった。録画して早送りで見ると起承転結が時短でわかり、余計な部分をカットし興味ある必要な部分は繰り返し見られるので楽で気に入っている。とりわけ凝縮すると、本論と結論が解り易く中身の粗も目立って見えるから面白い。

　こうした手法を用い複雑な世の中の様々に色々な論理があり長い理由付けもある問題を単純な形や表現に置き換え、一言で表現するとどのような結論になるのかを突き詰めれば…何が趣旨か、何が本論か、何が大切か、本来の人間らしい生き方とは何か…自から結論が出てくるような気がする。

　コペルニクスは天動説が唱えられていた時に地動説を唱え、180度物の見方の転換を図った。「そちら側から見る」のと「こちら側から見る」のとでは大違いなの

だ。私たちはいつも世の中の動向をこちら側から見る癖が付いているのではないだろうか。

　実際、宇宙に飛び立った飛行士などは青い地球を客観的に見て生き方が全く変わった人たちが多いと言う。

　人はなぜ高い山に登るのか…そこに山があるからだ〜という名言がある！　私たちは高い山に登り鳥の目線で下界を見渡したり、地面に寝転んで昆虫の視点で物を見上げて何かを感じる時があまりにも少ないのかもしれない。海に山に旅行に出かけ大自然と触れ、今までの世間の悶々とした生き方からリフレッシュされるのはそうした物の見方や感じ方の変化があるからではないだろうか！　とは言え、数日もするとまた世俗に押し流されてしまうのが現実ではあるが…。たまにはそのような目で見るように、そういう目線で見る事を失わないように努力する価値はあるのではないだろうか。世の中の複雑な問題を分析する目を養うことは大事ではないかと思う。

　それで最近私が体験したり新聞・テレビ・ラジオなどで見たり聞いたりした疑問をまとめ、問題点を提起したい。

宇宙と地球の仕組みは素晴らしい

　私の考えだが、宇宙の仕組みを凝縮するとほとんど…光と闇・膨張と収縮・重力と遠心力・プラスとマイナス・高いと低い・凸と凹・マクロとミクロ・熱いと冷たい・強いと弱い等々…単純な原理・原則・法則の作用と反作用の組み合わせで構成されバランスが保たれているように見える。

　細胞のようなミクロから広大なマクロの宇宙までその多くは中心核で構成され、生き物の細胞も原爆も太陽も自然界すべてが分裂によって生じ、消滅している。自然界の高山から深海の形状そのすべては凸凹形状により成り立ち、身近な建築から精密機械などの細部にも応用されている。電波の上下の波はその波長の大と小によってどこまでも届き、テレビも見られるしラジオも聞ける。スマートフォンだって便利に利用でき、宇宙にまで電波は届き136億年前の星の電波でも捉えられるし音の高低も私たちの生活に欠かせない。広大な宇宙を取り巻く星雲と恒星も遠心力や引力のバランスで周回転して均衡を保っている。とりわけ太陽系は太陽の周りを地球などの惑星が円をえがき回転し、原子は原子核の周りを電子が

円をえがき回転している。その各々が丸い形をしており
その周りを飛び回る、マクロとミクロの形状がとても似
ているではないか！

　自然の循環の光と闇は毎日間違いなく変わり、生じる
光で光合成を促し作物を成長させ恵みをもたらす。空気
は高い気圧から低い気圧に向かって流れ地上の空気を循
環させ気候と季節の変動を生じさせ、偏西風や貿易風な
どと呼ばれる恒常風で地球の空気をまんべんなく攪拌す
る。時には強い台風のような風でゴミも飛ばされるが、
それはまた木々の古い葉っぱや枯れ枝を振るい落しても
くれる。海流は温度の高い上層海流と冷たい深層海流に
分かれ対流を生み広大な海の水を時には早く時にはゆっ
くり渦を生じさせプランクトンを発生させ攪拌する。月
の引力によって満ち潮と引き潮も生じ淡水と海水の混
じった流れは海藻の森を育て小魚そして大きい魚と食物
連鎖で海の生命は維持されていく。とりわけ日本近海は
親潮・黒潮・対馬海流などなど暖流と寒流が流れ魚の餌
が豊富に生まれる豊穣の海をもち世界でも有数の漁場に
恵まれている…自然がバランスを保って成せる業だ！

　水は高い所から低い所に流れ海に流れ込み蒸発し雨と
なって降り注ぎ絶えず新しい水と入れ替わる。そのよう
な仕組みなので水が腐る事はない。海水も淡水も、空気
も、地表も活動し絶えず新しく変わる。地球のそうした
新陳代謝がなければ植物も動物も命あるものすべて生き

ることができない死の星となっていたはずだ。

　自然の活動は少しぐらい壊れてもでもすぐに修復作用が働く、多少の自然災害で土が剥き出しだった所も雑草が覆い木々が芽生え再生も始まっていく…自然には無駄なものは何もない！

　銀河系の誕生は約137億年前の宇宙大爆発ビッグバンかららしい。凝縮された物質が膨張し宇宙が誕生したという理論である。見上げれば一面の星空…太陽系・星雲・無数の銀河団そのすべてが微妙な引く力と離れる力の見えない力で結ばれバランスが保たれているのではないだろうか。広大な宇宙には古くなった星などすべての物が吸い込まれるブラックホールもあり、光の速さで5500万年前のその輪郭の撮影に成功している。ブラックホールは渦を左右する力が働いているらしい。それは駒回しで、左右に糸を通して引っ張って回すと引く力が強いだけ駒は勢いよく回るのに似ている。それは駒の糸がブラックホール渦の上下に伸びる力のように、私には見えてならない。こうした現象はもしかしたらマクロもミクロも同じ原理と考えれば膨張と収縮の宇宙の更新作用なのではないだろうか。

　人体も小宇宙に例えられている。人体を形作る約60兆の細胞の一つの核ＤＮＡは30億の水酸イオンを生じる物質の塩基が連なり、その核を取り巻くミトコンドリアＤＮＡの塩基は1万6500の塩基の連なりで、核の18

万倍の情報量があるとサイエンス番組で見た。そのような物凄い多くの細胞が絶えず入れ替わり、体内の免疫細胞や様々な菌が活躍し更新され新陳代謝して健康が保たれている。人間は細胞の集合体で、そうした人体の細胞は長くても数年ですべてが入れ替わるのだという。それにも拘らず、人も寿命が来ると土に還元し、その土は新たな植物を生んでゆく…！　大の無限の宇宙も小の驚異の人体も同じ循環の原理のようだ。

　自然の知恵は素晴らしいと思う。蚕の繭玉は紫外線カット機能があるのだそうだ、またカタツムリの殻の素材の形状は汚れにくいタイルの開発に応用できる。フクロウの羽根の形状は新幹線のパンタグラフの風切音の軽減に役立っている。蚊の血を吸う嘴は子供たちでも痛くない注射針の開発に役立てられている。兜ガニの血液は血栓予防や細菌汚染を確かめる検査に役立てられている。ズワイガニの殻や牡蠣殻から皮膚の再生素材が生み出せるらしい。

　海の危険生物イモガイは生態系最強の毒を持つとされている。その毒の鎮痛効果が医療に奇跡を起こすかもしれないと期待されている。寄生虫は難病のがん治療に役立つかもしれないし、線虫はガン患者の尿の臭いに敏感に反応することを利用してガンの検診に役立っている。土壌から得られる微生物は失明の危機を救うかもしれないと研究されていると聞いた。ミミズは土を豊かにして

16

くれる。ミツバチは果樹農家の受粉作業には欠かせないし、害虫退治には幼虫を食べるてんとう虫やカマキリの力が絶大だ。等々あげればきりがないが私たちの周りには驚異のテクノロジーの塊がいっぱいあるのだ！

　ちなみに、ミツバチの働きは西洋ミツバチと日本ミツバチでは働き方の型があるらしい。西洋のミツバチは温暖な外国では通年花が身近にあるのであまり働かないらしいが、日本ミツバチは限られた季節だけの花なので一生懸命に働くという特徴もあるという。やはり昆虫や動物はその土地と気候に一番適しているようになっているのだ。

　生態系や習性に無頓着な人間は身勝手に便利だけの都合の良い短絡的理由で持ち込み利用したりしようとするから本来の生態系バランスを台無しにしてしまう。

　あらゆる所に生息する有害な猛毒を持つ昆虫でも魚でも動物や植物や雑草でも細菌類でもきっと何かに役立ち地球の生態系の自然バランスに寄与して無駄なものはなにもないに違いない。

　海といわず陸といわず生命を構成する昆虫や鳥や動物や人間、さらには木や植物に至るまで雄と雌に分類され命をつなぐ、そのほとんどがエネルギーを口から取り入れ尻から排泄する。命の続く限りその法則は繰り返し果てしなく続く…。自然のものは何か目的があって存在しているはずだ！　我々人間が知りえていないだけで…。

　日照・風・雨や雪の営みで地上の命あるものの発生も生育も保たれる…自然の営みにすべて依存している！

　周りの木々や植物や雑草に至るまで風光雨がなければ枯れてしまう。自然の微生物の分解による肥料や昆虫等の捕食バランスで野菜も果物も美味しくなる。土から育った食べ物があれば生きていけるし免疫力も高めることができるし薬の役割もする。自然界には抗生物質も存在する。

　人間の力には限界があり、人間の営みはその自然の持っている力に専ら依存しなければならない。

　研究者によると植物は光合成によって太陽の光や熱を科学エネルギーに変え最大限利用しつくしているらしい。一方人間はと言うと、せいぜい太陽光発電ぐらいにしか至っていないのが現状かもしれないらしい。そうした一面をみても動物や植物の方がフルに太陽を利用し賢く知恵がある生き方をしていると言えるだろう。光は約8分で地球に届くとされる。綺麗なオーロラも太陽が発する太陽風と磁場活動のお陰で見ることが出来る。太陽活動によって温暖期と寒冷期も生じる。寒冷期の昔は今の海面より100ｍ以上も陸地が低かったと推測されている。その時に人類は大陸へ歩いて渡って、あっという間に世界の大陸に広がった。

　命すべてが太陽のエネルギーに左右される…太陽のエネルギーなくして地球は生きた星として成立もしない！

一方で気を付けておかなければならない面もあるという。地球の磁場の変化にも影響を与える光と熱は太陽フレア（太陽風）を発生させ約15時間〜数日で地球まで届くという！　強力な太陽フレアが発するプラズマは磁気嵐を発生させ大規模な停電障害・通信障害・ＧＰＳにダメージを与えるらしい。

　宇宙を飛ぶ宇宙飛行士と高度を頻繁に飛ぶ飛行機の乗務員は、強い放射線被ばくにも注意が必要かもしれないと言われている。ただ日常的には地球に降り注ぐ電気を帯びた電子（プラズマ）と放射線は極端でない限り大気圏で守られており、地球を取り巻くオゾン層と大気圏は宇宙から降り注ぐ落下物や電子・ガンマ線・ニュートリノ・ミューオン等を振り分けてヘルメットの役割で私たちの命を守っているのだ。少なくても太陽活動も核反応で維持されているが我々人間には影響がないようにうまく保たれている。にもかかわらず身勝手で無知な人間の活動により一昔前の電化製品のエアコンや冷蔵庫の冷媒のブロンガスの放出問題のように、春の南極にオゾンホールを生じさせ紫外線をも防止するヘルメットに穴が開いた状態をつくってしまう。代替フロンも進められているが回収率は37％前後と以前低いままだ。

　生命の起源は微生物とバクテリアからで約40億年前に起源はあると考えられている。太陽の光と水は生命細胞の栄養素と活動のエネルギー源をつくり、好気性生物

が生まれてくる。酸素原子からオゾンが生じ生物を紫外線から守る作用が働き出すと水中に藻類が繁茂しだす。さらに4億年前に水中から生物の苔やシダ類が地上に広がり、クモ・ダニなど、そして爬虫類に恐竜に哺乳類と次々に登場する。そして約200万年前に初めての原人ホモエレクトスが生まれたのだという。DNA遺伝子はタンパク質の設計図なのだそうだ。地球の生物は20種類のアミノ酸だけを使ってDNAタンパク質をつくっていると言われている。そうした設計図を持つ人の体も自然の恩恵をすべて受けているのだ。

　太陽の有害な紫外線に対しても私たちの体内にはメラニン色素が備わってその紫外線から守られるよう微妙に工夫されているのだそうだ。ちなみに日射量の少ない寒い地域は白色で直毛系、暖かい地域の人々は肌黒で脳を熱から守るよう縮れ毛で空気を多く肺に送るため鼻が大きいという調査もある。

　私たちの体の中には生命と体内維持の要である細胞培養液100兆の中に存在するエクソソームのマイクロRNA10000/ 1㎜というメッセージ物質があるそうだ。それは体内を駆け巡り臓器同士の対話を増やし、約60兆の体内細胞のバランスをとる役目を果たし役立っているらしい。しかもすべての体内のメッセージ物質も各臓器も決して出しゃばらず黙々と自分に与えられた役割と仕事をこなしているというのだ。もしそのバランスが崩れ

れば私たちの体はたちまち病に浸されてしまうことになる。そのように体内には幾つもの免疫細胞が日夜病原菌と戦ってくれているのだ。さらに体内には善玉菌と悪玉菌や活性酸素も活動している。約100億個の腸内細菌は太るか痩せるかその絶妙なバランスで保たれているらしい。体温も約37℃に保つために汗をかいて調節する機能も働いている。その人体はわずか4ワットの豆電球ぐらいの電流で動いているらしい。それは微量の電気信号で臓器も動いているし脳の信号も瞬時に筋肉を動かす物質に伝達され意思どおりに筋肉は収縮し寸分たがわず手足も動かす。その身体能力は大電力を必要とするどんなロボットよりもスーパーコンピュータよりもＡＩよりも凄い！！

　食べ物は単に体内に取り入れ栄養があれば動物や虫のように生きられる。でも人間にはとりわけ食べて味わう喜びがある！　様々な味覚の違う食べ物・美味そうに見える色彩・その季節に合った食物・適度に手に持つ位の大きさ・味覚（味）・視覚（見た目）・臭覚（香り）・触覚（舌触り）・聴覚（耳や歯から伝わる音）の五感を通じ旨いと感じる感覚も備わっており、食べる事は健康を維持することだけに限らず幸福感や家族で会話も弾み生活にゆとりをも生む。本当に人体のつくりはすごく、それは有難いことではないか！　日の光のおかげで野菜も果物も色づき甘くなる…季節の野菜鍋料理を作る時に太

陽に向かって上に伸びていく食材を鍋の下の方に、土の下に向かって伸びていく食材は鍋の上の方に置いた方が体に良いらしい。食材は免疫力をも格段にアップする役目も果たす。旬の食材は熱い夏の食材は体を冷やし、寒い冬の食材は体を温めてくれる！　加えておくが漢方薬も自然の恵みだ。私たちが日常食べている魚の刺身の味も、魚に食べさせるエサによって味が違ってくるらしい。ちなみに魚の干物も浜風が吹けば美味しく干上がる…すべからく自然任せで。目に見えないような菌（きん）や微生物はすべて自然の中で生きて活動している。近年、私たちの周りにある微生物はすごい働きをする事も少しずつ解ってきた。食料になるタンパク質を多量に含む微生物・電気を発電する能力を持つ微生物・汚水を綺麗に分解する能力を持つ微生物・医療に用いる事が出来るような磁石を持つ微生物なども発見されている。菌も身近の山里に生えるキノコから私たちの体内の臓器でバランスを保ち活躍している菌まで多種多様だ。私たちは菌が無ければ生きていけない。

　イースト菌を利用したパンも、乳酸菌のチーズやバターやヨーグルトも、納豆菌からの納豆も、麹菌を利用した味噌も漬物も、そして日本酒もすべて自然に依存する。加工する方々は菌と微生物の働きを信じ利用して、美味しくなぁれ〜と念じて少しの手を加えてあげるだけなのだ。すべて自然依存で命が保たれる。自然の成せる

22

恵みである！

　私たちの体は自然が生む季節の様々な物の持て成しによって栄養を摂取し、健康効果と免疫力を高めて命を長らえることが出来ているのだ。私たちの周りには難病もある。希望を奪う難病のガンや失明の危機を自然の身のまわりに存在する寄生虫や土壌の微生物が救ってくれるのではないかと期待され研究がなされているともされる。挙げればキリがないが―自然は上手く出来ていると感心させられるばかりである！　日常生活ではそんなことは気にもしない…病気になって改めて健康の有難さと日常の恵まれた物の大切さに感謝する！！

　古代エジプトそして古代ローマ・ギリシャ・インド・中国では自然界の恵みを研究し薬と医療の発展にもつながってきた。思い出したが最近発見された古代のミイラの入れ墨の箇所は東洋医学のハリ治療で用いる経絡の部分の箇所とそっくりだと専門家が驚いていた。世界保健機関WHOが認定するツボは361種類あるという、私には一年の日数と類似しているように見えてしまうのは偶然なのだろうか？　いま盛んに東洋治療と西洋治療の混合医療が注目され始めており医療は日進月歩で進んでいる。

　しかしながら最終的には、病に関しては現代の最新医療も最善を尽くすかもしれないが、最後はその人に備わっている回復力に頼らなければならないのが現実だと

思う。

　すべて自然に依存している！　…自然界のものは自然界で解決していると言える。

　それを当たり前と思い暴飲暴食、さらにはたちの悪いことに自然にある物を尽きるまで使いつくす行為を繰り返している。わがままで出しゃばりで我意と勝手気ままを繰り返す。人間は自分の体の働きから教訓を学ぶ必要があると思う。それぞれの領域の細胞も臓器も怠ることなく出しゃばらず、与えられた立場でバランスよく忠実に自分の役割を果たす…そうでなければたちまち体調を壊し病気に至る。人体も地球の活動も似ているように感じる！

　私たちが住むこの地球は魚のウロコが生え変わるように、そして人体の皮膚の角質が再生されるように更新されている。地殻も無数の断層も絶えず活動して新しいものに入れ替わっているのだ！　地球上至るところで大地震や火山噴火の被害があるのは地殻がマントル活動によって動いている証拠といえる。この丸い地球を覆うプレートは10枚の岩盤によって構成されているという。ご存知のように日本を取り囲むのは太平洋プレート・北アメリカプレート・ユーラシアプレート・フィリピン海プレートで、沈み込むプレートもあれば隆起するプレートもあり押し合いへし合いを繰り返している。

　古代の日本列島の形成について、西日本は朝鮮半島の

一部が移動し北日本エリアはウラジオストック方面の一部が移動して来て次第に日本全体として陸続きにつながったという研究がなされている。身近な例でもハワイは1年間に18cmずつ日本に向かって移動もしている。登山家が目指す世界の名だたる山脈も、プレートが地殻に一方は潜り込み一方は移動し隆起し出来たものなのだ。高山に貝殻が発見されるのはそうした地殻活動による証でもある。高い山が押し上げられるその反動で海には深い海溝が出来た。太平洋側にある日本海溝などはそのいい例だと言われている。おかげで三陸沖には豊かな漁場が形成され海の恵みを受けている。

　地球は絶えず生きていて活動し、気の遠くなるようなスパンで新陳代謝を繰り返しているのだ。そして時には想像を絶する強力なパワーも生じさせる、大地震や大爆発の火山活動だ！　東日本大震災では地震によってわずか10秒で20kmも地割れが発生し巨大津波を発生させたらしい。

　深い地下のマントル対流の活動によって様々な岩石や重金属も生じた。古代地層に堆積した物から変化した石油や石炭も備わっている。それを利用し温まったり冷やしたり、着る物を作ったり便利に生活させてもらっている。それも地殻変動のお陰なのだ。マントルの地熱で温められた地下水のおかげで様々な成分の異なる温泉も楽しめる、それは大地からの贈り物である。ただし注意し

ておきたいのはそのような土地に私たちが生活基盤を築く時は、その恩恵が大きいほど噴火などによる災害などのリスクも大きいということを心得ておく必要がある。

　地表の土は大小様々な草木を育ててくれる。家を建てたりパルプに利用したり、土の質はアルカリ性・酸性・赤土・粘土質・砂地様々、その性質によって良く育つ作物も違う。種を蒔けば土壌の性質と微生物の活動のお陰で自然に芽が出て育つのだ。自然の恩恵は計りしれない。

　農家の方々はよく私が育てた農産物だとか言い、漁家の方々は私が育てた海産物だと言う。でもそれは言わば自然に育てて頂いた産物だと言った方が良いだろう！長年の経験や信頼から確かに種を蒔けば間違いなく多分育つに違いないという確信と信仰をもって適した時期に適した土に種を蒔き肥料を与え、種苗を海に吊るし手入れしただけ、あとは自然頼みで光・温度・水・空気・すべての条件がそろって初めて収穫ができたのだから…。

　一日も太陽によって決まり、一か月も月によって決まる、その自然の仕組みは驚くばかりだ。アインシュタインは重力の効果で時間の進み方が変化すると唱えた。つまり高い所ほど重力が小さくなり時間の進みは早くなり、低地で重力が大きいほど時間は遅くなるという時間のズレが生じてしまう。ちなみに今私たちのほとんどが持っている電波時計は電場と磁場が造る波形の数を利用

し１秒を決めているのだそうだ。それ以上の正確な時計は原子の固有周波数を利用した、セシウム原子時計やストロンチウム光格子時計などが開発され、何億年に１秒もずれない時計が登場するかもしれない研究があるらしい。こうした自然の原理を利用した技術は原発よりもはるかに望ましい。

　人はなぜ動物や植物を研究するのだろうと考えてみた。それらは無言で教えや教訓を示しているからではないのだろうか。研究者とは神のマジックの玉手箱を紐解くことの仕事ではないかと思ってしまう。

　下等動物であろうと人間であろうと食べて命を長らえることには変わりはない。秋田県から山形県に冬の時期だけ熊狩りをするマタギという人々がいる。彼らは熊を山の神として崇め、射止めるとその命を残すことなく食べつくすことが礼儀だとしている。もちろんキノコも山菜もそうだ。山は生きていけるものすべてを与えてくれていると山を崇めているのだ…だから彼らは山にブナの木の植林をしている。ブナが成長し実がなれば食べ物があるので熊も里に下りてこないからだ。山の緑を彩る木々は四季の移ろいを楽しませ、木の実やキノコ山菜も自然に生え動物たちも生きていける。それ程に山の恵みは豊かなのだ。大地の恵みである！

　山に降った雨は地下に染み込み天然のろ過装置として機能し、伏流水としてコンコンと湧き出る。その水を贅

沢に飲める幸せ…世界中の大地がそうなのだが、特に日
本は恵まれている。昔は川では砂金も採れ黄金文化をも
生んだ。川から海に注いだ水はプランクトンを発生させ
オキアミは小魚そして大型の魚まで食物連鎖を生んでく
れる。それの育った魚を人間がありがたく頂く。海水が
蒸発し淡水となって降り注ぐ循環のシステムのすばらし
さ。命を育む水の恵みである！

　偏西風は少し蛇行しただけで寒くなったり暖かくなっ
たり気候も変わる。遥か上空を流れる風もあれば地表近
く吹く風もあり地球全体に空気をまんべんなく送り届け
る。人間の力の及ばないはるかに大きな力の空気の循環
は春夏秋冬の移ろいを生む。風景は絵画のごとく変わり
私たちの目を楽しませてくれ湿気も乾く。風の恵みであ
る！

　地球は太陽系の火星と金星の間にある。その間の生命
可能な液体で水があるわずかな領域をハビタブルゾーン
と呼ぶそうだ、広大な宇宙の中でもそのわずかな部分し
かない極々限られた部分そこに人間が住んでいるのだそ
うだ。偶然にして奇跡だと言われている！！

　下等動物は自然から与えられた分だけで命を保ち自然
に還っていく…その生きる能力と比べたらもしかしたら
人間が一番劣っていると言ってもいいのかもしれないと
思う時がしばしばある。

　人間の考えることといえば環境破壊。生態系破壊と地

球環境を良くしバランスを保つようなものは何もない。海洋酸性化・温暖化による海面上昇・魚の乱獲・森林伐採・異常気象・水資源争奪・世界中の紛争…不勉強と無知と身勝手の結果を気にせず、自ら文明崩壊にひたすら突き進む！

　ヨルダンのユネスコの世界文化遺産に登録されている古代都市ペトラも、たかが交易路一本変わっただけで廃墟と化した顕著な例だ。すべからくそうした物は無言で教えてくれているではないか！

　世界の平均気温は益々深刻化し2030年〜2052年にかけて1.5℃上昇する恐れがあると試算されているらしい。異常気象・海面上昇・洪水・干ばつ課題は山積みで待ったなしである…。

　全く自然に依存しているにも関わらず…備えられているものを身勝手に加工し自分の手に負えなくなり使い終わったら捨てていく…！　人間の浅はかさ…悲しい限りではないか。

　我々はこの地球においては、ごく短時間の一時的居留者に過ぎないと考えるべきだろう！　お互い謙虚な気持ちで大地に住む事が必要なはずだ。

　そうでないと大きな自然からのしっぺ返しが必ず来る!!　今回、いろいろ調べてみてつくづく宇宙と地球の仕組みに感心しそう感じた。

便利さと自然破壊について

　哲学者ゲーテは「強い光が当たるところには濃い影が付きまとう」と語った！

　科学者ノーベルのダイナマイトも…悪用され、こんなはずではなかった…と述べた！

　座って楽に移動できる電車も、車もすべてスピードが出るものは速度が速いほどダメージが大きい。

　日常生活に欠かせない車による交通事故は日本では年間3000人以上もの人が犠牲になっている、が毎日の事なので麻痺してしまっている。仮にPKOに派遣された自衛隊員に一人でも負傷者が出たら大問題なのに。

　飛行機も高く早く飛ぶほど墜落事故が生じれば悲惨でダメージが大きい。

　便利なものは便利なほど反動のダメージが大きいと思わなくてはならないだろう。これは自然の法則だから！それは日々の営みの経済や物を生産する活動にも当てはまる。

　『この地上を管理するために人間をおいた』とキリスト教の経典には書いてあるらしい。管理という意味を辞書で調べたら…ある基準から外れないよう全体を良い状態

に保ち維持する事とある。

　では人類がこの地に生まれて以来今日までその歴史を
ＶＴＲ映像のように早送りし、一言で要約してみた時に
どんな結論になるだろうか…。人類が登場した時のよう
な綺麗な環境がそのまま維持されているだろうか？　住
んでいるその地は本来あるべき基準をそのまま保ってい
るだろうか？　皆さんはどんな答えと結論なるだろう
か？

　地球を間借りしている部屋に例えたら解りやすい。入
居した時のような真新しい綺麗な状態にあるか、それと
もゴミは散乱し部屋の至るところ傷だらけになっている
か、一目瞭然で判断がつくはずだと思う！

　極北の海は氷が消え陸が現れて環境は激変していると
調査されている。

　気候変動枠組み条約国際会議においても工場や自動車
から出る二酸化炭素排出量を減らす取り組みが議論され
ている、しかし各国利害が対立し取り組みは前進してい
ない。

　世界にある遺産と遺跡の多くから何を教訓とすべきな
のだろう…それは大規模開発による環境変化と維持不能
による放棄の痕跡ではないのか！！

　1700年代後半のイギリスから始まった第１次産業化
革命は木綿の生産の手作業を機械化し蒸気機関の石炭と
エネルギー革新により生産技術を拡大した、加えそれを

売るための貿易の拡大を進め国際的分業体制の先駆けとなった。1800年後半の第二次産業革命はドイツ・アメリカの大量生産と工業技術と電力の革新となった。しかしその反動はどうか。工業化による巨大工場と大量の粗大ゴミの問題・化石燃料のエネルギーと環境汚染・貿易摩擦とその保護目的の武力装備と戦争という負荷を生んだ。

　日本の明治産業革命による無残な遺産も、それは自然破壊やそこで働く地区の急激な過疎化を生んでしまった爪痕だ。江戸時代から昭和にかけて各地には金山・銀山・銅山・石炭鉱山も多くあった。石材切り場や軍の基地施設もあった。…そのほとんどが荒れ果てたまま廃墟と化し、取り壊し埋め戻されることなく放置されているのではないかと思う。長崎にある軍艦島の如く。

　地球46億年の培ってきた自然をわずか100年足らずで破壊してしまう寸前まで来ている…欲望と豊かさの追求への大きな代償ではないのか!?

　便利さの代償というと、交通網が発達し瞬く間に世界に行けてしまう。しかし飛行機の発達によって原発事故の放射能と同じように目には見えない伝染病や感染症の恐怖が待ち受けている。例えば、過去にはアジア風邪・スペイン風邪・香港風邪が猛威をふるって死者100万が犠牲になったとされる。一方で昨今、鳥インフルエンザや新型コロナウイルスなど動物から人に感染するものに

も細心の注意を払わねばならない時代にもなった。貿易港にコンテナで運ばれるヒアリも記憶に新しい。日本にいない厄介者外来の有害昆虫や動物も問題となる。商業主義の代償といえる。

外来種による環境破壊は深刻化する一方ではないか。アメリカザリガニ・タイワンシジミ・ブラックバスや飼育され放流された国外の魚と小動物、それは目に余る生態系の破壊者として危惧されている。これすべて人間の身勝手からの問題ではないか。本来の在来種である魚や昆虫生物も絶滅寸前の危機にある。ペットとして持ち込まれたものも少なくない。近年の園芸ブームは外来植物の繁茂に影響を与えていると感じる。モラルの低下も甚だしく人として恥ずかしい限りではないか。

農業も漁業もすべて自然に依存している。温度が高くても低くても…作物は腐ったり生育が悪くなったりする。養殖魚介類にも敏感に影響が出て大量の死滅など生産性に深刻なダメージとなってしまう。農業に携わっている方々、漁業に携わっている方々それぞれ当事者が一番痛切に感じている事と思う。それでも大量の廃棄や使用した道具の投棄などを利益優先で繰り返す。今だけの自分の生活が…自分だけが良ければとして…。

山のものも、海の物も…あればあるだけ取り尽くしてしまう…自分の分だけで飽き足らず他の人の所にまで行って場所を荒らす、その欲は尽きることがない。

　山菜取りの名人は必ず次にまた来る時の為に、次の年の為に取り過ぎることはしない！　知恵があるから。素人はそれをやらない。岩手の地方の山々ではマツタケも採れる。昔そのマツタケ山に行ってマツタケを探し偶然に見つけて数本採った、数年経ってまた行ってみるとマツタケの管理組合が結成され山は立ち入り禁止になっていた。山と地域の特産を守るために！　今では全国にその季節は出荷されている。

　平成の初め頃に大型秋刀魚船に乗せてもらったことがある。当時は漁港から10時間ぐらい三陸沖に船を走らせれば一晩に3、4回網を入れて90トンくらいのサンマが獲れ、船倉が満杯になり水揚げする市場に直行した事を覚えている。それが今では、夢のような話となってしまった！　サンマもサバもサケもウナギもマグロもすべからく…。私が趣味で釣りをするその魚の釣り場でも、多く釣り上げている場所にジワジワすり寄っていく奴が少なくない…そして、元々そこで楽しんでいた者を追い出してしまう、釣り人としてのモラルの欠けた行為をしばしば見る。釣れている場所と魚が集まる所に行けば手っ取り早いからだ。どこかの国の漁業と同じだ！自分の所ではないので資源が無くなるまで捕りつくす。

　食べたことのない人に珍しい物や旨い物を食べさせて自慢するが、もしその相手が自分で作れたり、捕ったりすることが出来ればその方がいいはず…単純な話だ。一

時は儲けて良いかもしれないが後で自分の首を絞めることにつながる事を忘れているような気がする。それは水産だけに限らず農産物や商業製品などすべてに当てはまる問題だ。

　ノルウェーは水産自然を大切に管理し魚を取り過ぎないよう取り組んでいるとした報道を見た。しっかり対策を立てておくことの重要性がわかってきたから…！

　興味深い記事を見つけた。2019年ＮＡＳＡの研究で北半球の海で「植物プランクトンが劇的に減少」しているというのだ。植物プランクトンは光合成を通じ温暖化ガスの二酸化炭素（CO_2）を大気や海洋表層から取り入れる役割があり地球環境に大きな役割を果たしているとされている。もしかしたら食物連鎖にも影響を与え魚の減少につながっていてしまっているのかもしれないと素人でも考える。

　ちなみに日本の食品廃棄物量は600万トンに対し世界全体の食料援助量その半分に過ぎないという調査がある。なんという贅沢で横柄な生活なのだろう。

　世界の人々は様々な問題に苦しんでいる、地球規模の干ばつで国土が干上がり砂漠化・地下水の汲み過ぎでの深刻な国土の地盤沈下…それすべては人間の食料を得るための結末ではないか！　動物や植物には、はた迷惑で人間によるとばっちりを受けた被害者に違いない！

　地球全体の水の量をペットボトルの500㎖だとする

と、人間が使える量はわずか目薬1滴分だと試算されている。海水97.5％、淡水2.5％で人間が使える水はほんの0.01％らしい。ちなみに日本人の水の平均消費量は1日224ℓで飲み放題、使い放題、贅沢し放題なのだ。恵まれ過ぎている！

　世界全体が異常気象で雨が降らない…。近年、空気や海水から淡水をつくることが緊急の課題で水ビジネスなるものがにわかに脚光を浴びて始めている。

　世界銀行総裁によると、20世紀は石油をめぐって戦争する時代であり、21世紀は水をめぐって戦争する時代に突入すると予告している。

　多くの古代文明の滅びの原因は、その地域の森林がなくなり水が枯れ、交易路が一本変わっただけで人が立ち寄らなくなる等々、急激な環境変化だという。主な世界遺産をみても遺跡の多くは人々が築き上げた住み慣れた場所を放置した傷跡ではないか、大小さまざま都市といわず町といわず住居といわず…。それを見に多くの世界中の人々が観光で訪れる。何を教訓として帰っているのだろうかと疑問を持つ。ただ凄い、素晴らしい、その地の美味いものを食べるだけの単純さからだけなのだろうか？

　自分の周りに今ひしひしと押し寄せている出来事を、自分が観光で見たその事と結びつかないのだろうか。

　自然破壊・環境破壊・生態系破壊そのすべての発端が

人間だとすれば、その態系に最も有害なのは…人間そのものという結論になるかもしれない!!

山の管理について

　山に手入れの行き届いた木々や広葉樹が多く生えていれば、保水力が保たれ自然のダムとなり地下水となり浄水器の役割も果たし時間をかけて麓と河川を潤す、海に下れば栄養豊富なミネラル水は海産物をすくすく育て小魚を育む…。微力な人間にはできない自然の素晴らしいシステムである！

　近年の河川の氾濫がよくニュースになるが、その一端の原因は山の保水力が失われた結果と言えると思う。ブルドーザーが山肌を削り伐採した木材の搬出用の林道を造る…土はむき出し、ハゲ山や荒れ山と化す、伐採し運び出した残りの小枝や切り株はそのまま放置され、大雨ともなれば土砂が濁流となる、放置された残りの木くずは押し流され下流の橋などに引っかかり水を引き留め流れを変え凶器と化す。思いもしない予想外の災害を引き起こす。仮にもし手作業で丁寧に伐採すればこんな事にはならないはずだ！　私の子供の頃は、冬の囲炉裏の薪にするため払い下げの木や木の根などを集めて自宅に運んで来たので山が綺麗になっていたのを思い出す。費用対効果もあるのだろうが勿体ない、バイオマスエネル

ギーなどにもっと活用できないものなのだろうかと思う。

　道路も山の奥まで散策路や林道などと称し開発し舗装されている。造れば補修工事は必須であろうに。キノコやタケノコなどの山菜採りも極端だが背広にネクタイ革靴姿で食べるぐらいなら採れるような状態だ。笑い話のようであるがそれが現状なのだ！

　岩手県には日本三大鍾乳洞の一つ龍泉洞がある。地区の住民によると「昔は少々の雨が降っても洞内は増水することはなかった、しかし、最近、雨が降ると水量がすぐに増えるようになった…。どうも広葉樹を伐採し土地に積もった落ち葉も少なくなり土は痩せ保水力が極端に無くなったからではないかと思う…」と嘆いていた事を思い出す。今から30年も前の話である。2016年の岩手・北海道の台風10号による災害では何とその観光鍾乳洞の客の入り口から…あたかも龍が口から火を吹く如く水が噴き出てしまっていたのは驚きだった。自然からの警告と謙虚に受け止めるべきではないだろうか。

　次々に無計画に山の木を切り倒した人間の身勝手の積み重ねが大きな災害の引き金となっている。自分で自分の首を絞めているのと同じではないか！　山々の至る所の沢には幾つもの砂防ダムが造られ小魚も遡上できない。さらに下流に下ればコンクリート壁に囲まれた河川のU字型の護岸がある。台風となると水はあたかも整備

されたボブスレーのコースのように勢いを増して滑り下り、濁流と化し人家や田畑を押し流す。海に流れ込めば漁港に流れ込み大量の流木に阻まれて漁師は小舟も出せない。海岸線は一面うず高く流木と生活ゴミや投棄されたプラスチックゴミで埋まってしまう。

　山を削って開発し破壊し、挙句のはては金銭的な理由で現状を復帰しないまま放置してしまう。一旦引き起こす大災害の代償とその場限りの経済効果と差し引いたらどっちが大切か簡単に答えは出てしまうと思うのだが！

　民話で有名な岩手県の遠野地方に、山で切り倒した材木を馬に、馬ソリのように山の斜面を引かせて運び出す地ダビキという生業がある。昔ながらの方法で山に優しい、正にこういう事だと思う！　山のあるべき姿に合わせた破壊しない作業方法や広葉樹を植えて自然にまかせた保水のダムを造る取り組みが目先の利益や一時的防災よりも大切ではないのだろうか？

　ブナ林で有名な青森県と秋田県にまたがる白神山地が自然遺産として注目を集めている。こうした森は貴重な税金もかけずに治水も綺麗な水も確保できるからだ。コンクリートダムより自然に優しく効果絶大なのだ…。

　いつも災害が起きてしまうと想定外だったと話す、それは手遅れではないのか？

　狭い日本の土地に合った方法をもっと知恵を出して考えてほしい。追い打ちをかけるように地方は高齢化・人

口減少でますます携わる人は少なくなる。取り組まなければならない課題は大きいと思う。

　里山の維持についても…村人が野山の草地や雑木林を刈り払い、細々と田んぼや畑を耕す。結果として循環型農法での生物多様性のバランスが保たれホタルが飛び交うような水辺も整備されてきた。狭い日本のあるべき姿ではないだろうか？　山や里に住む方々にもっと税金を振り向け生活を援助する政策は是非とも必要だと思う…環境保護に尽力しているのだから。都会のゴミの山に埋もれるより余程、人間らしい生き方ではないだろうか。

　近年、自然に憧れ田舎に移り住む若者が現れてきたらしい。心強い事だと思う。若者の定住促進を促し山林の木で建てた家に住まわせる事が実現出来たら素晴らしい。

　昔と同じように生業がなされれば、流れる水路の水は綺麗になり、保水力が保たれ、自然環境が美化され蛍も飛び交う。

　クマやイノシシなどの農作物に危害を加える野生動物、昔は聞いたこともないハクビシンやアライグマ等の動物の生活圏も分離されるはずだと思う。加え、動物も好きで増え続けたわけではないであろうが、しかし駆除も机上論でなく実生活に適応したものにルールを改正すべきだと思う…金銭では買う事のできない自然と生態系のバランスを失っては絶対ならないはずだから。この議

論にはいつも卵が先か鶏が先かに似た動物保護の観点から問題が提起される。でも基本は自然あっての命ではないのだろうか!!

　防災計画に関して…最近、観測衛星から地上を事細かに見る事が出来るようになった。素人考えだが、地形や土壌地質による山の崩落の危険性、木の種類によっての土地の保水性などの確率情報を、あの高額で多額の税金のスーパーコンピュータに入れ計算すれば無駄なダムや環境保全も計算できるはずだと思うのだが。どこにどんな植樹すれば治水に役立つか、下流にどのような災害対策が出来るか、地質・土地の形状などを総合的に判断し安全な生活圏をどこに定めればよいのか等の情報を地方と共有すれば、的確な行政指導も出来るのではないだろうかと考える。

河川の護岸コンクリート壁について

　多くの河川が魚も住まないヘドロ川と化し水も腐っている。近年、いくらかは環境問題に関心を払われるようになり水質改善の傾向もみられて魚も住むようになってきた川もある。しかし昔みたいな魚の住む水質から比べたらその比ではない。護岸は多額の税金を投入しコンクリートで固められ、自然の河川のあるべき姿が失われた。しかも、自然は人間の尽力を注ぎ強固に造ったと思うようなものでもアッという間に破壊してしまう力がある。

　人類は河川の肥沃な土の恩恵を受け、文明を築いてきたと学んだ。

　主要な古代文明の特徴を振り返ると、ＢＣ5000〜ＡＤの古代エジプト文明はナイル川の定期的な洪水により下流域の土地が肥えて農耕文化が発達した。ＢＣ2300年頃からのメソポタミア文明はチグリス川・ユーフラティス川流域に灌漑農業を発達させた。インダス文明はＢＣ2500のインダス川流域発達した文明であった。ＢＣ14000年〜ＢＣ1000年頃まで続いた長江文明も中国長江流域で発達した黄河文明と共に代表的な河川流域での

文明で、そのほとんどがデルタ地帯なのだ。川沿いの土地に文明はすべて依存してきたことが解る。川は肥沃な土地を育むだけではない、川を利用し船によって様々な物が運ばれその地域も発展した。

　そして日本の複合体（従来の縄文人と大陸からの渡来人）としての縄文文化はウィキペディアによると、諸説あるがBC 16000年〜BC 3000年と長く続いたのだという。なぜ他の文化と比べても縄文は長く続いたのだろう？　明らかな違いは世界の地域は主にほとんど1本の大河であるのに対し、日本は大小の川が数多く流れている事の違いではないかと私は思う。あたかも人体の血管のごとく上流水と地下水道網が縦横無尽にこの土地には備わっているのである。昔の例になるが、古代ローマの発展を支えたのは上水道の整備であった。江戸の町の発展を支えたのも城下に計画的に張り巡らした川による船の運航と地下の水道網の整備にあったとされている。

　いずれにせよ、長く続いた縄文文化の日本は、無数に流れる川の堆積した肥沃な土に清らかな水に、時にはその豊富な湧き水によって恩恵を受け田畑を耕し、家を建てて住み四季の豊かな暮らしをしてきた。しかしそれは、一方では暴れ川として下流域に甚大な被害を及ぼした結果でもあるのだ。だが総じて、大きな自然現象の恵みとなってきた。よって、ある程度のあるべき自然の摂理で、物理的に暴れる川を生かす生活の工夫も当然に求

められていると言っていいだろう。人間の身勝手で、そのあるべき姿の地理的環境を変えるのではなく、その環境に合わせて、一旦災害が生じたような場所は自然が危険だよと教えてくれているのだ…と考え、そこを離れ安全な場所に居住を構えるような計画的な行政指導と努力はどうだろうか。

　高い税金を投入し護岸をつくるお金で、災害を受けた住民の土地を買い上げて安全な場所に住まわせるようなバランスの取れた施策をしてもらえたらと思う——。長い目で見れば絶対その住民にとっても安全が守られる。生活を再建する先立つ金銭的担保も得られ生活の生業が確保される。その場所の自然環境にとっても利となるのではないかと素人なりに考えてしまう。私たちは、もっと自然に対して謙虚になるべきではないだろうか。理想論のように思えるかもしれないが、あながちそんなには間違った見方はしていないのではないだろうか…。

　昭和23年生まれの私の子供の頃は綺麗な水質を好むといわれる川のモクズ蟹がたくさん採れ、午前と午後のオヤツだったとよく聞かされた。小学生の頃、夏は川や海に泳ぎに行っても水質の問題などは一切なく、キュウリやスイカを持っていって冷やして友達と割って食べた。透き通り綺麗な水は潜っても遠くまで見渡せ、魚はスイスイ泳ぐのが見え、自分で自作した銛や釣り道具で難なく魚も採れた。河口に近い川は鮭もいっぱい遡上し

た。落ちアユの季節は夜に父親が釣ってきたアユを家族
で焼いた。一日かかっても焼ききれないほどで、囲炉裏
の周りはアユの焼ける匂いでいっぱいになった思い出が
ある。そんな景色はいまほとんど考えられない夢物語の
ようだ。

　国の歌の一節に「♪さざれ石の〜岩となりて〜」とあ
るが自然の成り立ちはそれとは逆で一般的には大きな岩
や石は次第に砕かれ小石となっていく。

　自然の川は川岸に多種多様な植物を生えさせ小魚が隠
れ住む。多少の水量が増えても岸辺の植物が流れを和ら
げてくれる。時の流れで様々に流れの形を変え、時には
暴れ川となって岩や石や土を巻き込み途中に肥沃な土を
堆積させて長い時間をかけて上流の岩や小石が下流に砕
きながら流れ下り中州や河口には砂もたまる。川の上流
には人の身勝手な行為で幾つもの砂防ダムを造り石や砂
が下流に流れ下るのを妨げてしまい、小魚も遡上できな
い有様になっている。海でも海岸から砂浜が消えてし
まったと——嘆くが、海岸も波の打ち寄せる力の浸食で
砂や岩を削り地形を変えていく自然の営みを堤防建設な
どで阻止しているのだから、あたりまえだと思う。高層
の建物も長い橋もコンクリート製のものはすべて川の砂
でなければならないそうだ。海砂だと中に補強で入れる
鉄筋が腐りやすいのだという。その川の砂が手にいれに
くくなっているらしい。川の砂は何といっても不純物を

濾過し浄化する作用がある、おかげで私たちは水を買うような外国とは違い豊富に綺麗な水を惜しみなく使い飲むことができる。自然から頂いた贅沢を楽しむ事が出来ているのだ。

今日まで、いかに護岸工事と称し川に優しくない工事をしてきたか自問すべきであると思う。最小限の工事をしてきたなら今よりはずっとましだったはず…川にそうした自然のサイクルが出来なくなってしまったのだから！

縄文文化が世界の文化より最も長く続いた要因はなんだろうかと考えてみた。もしかしたら、保水力のある山の恵みである木の実やキノコや野草の豊かさと川の清らかな水と魚、さらに肥沃な水が海に注ぎ魚介類を育てどこでも容易に人間は食べる物を得る事が出来た点にあったのではないだろうか。それは自然からの恵みがいかに豊かだったか想像できる！　昭和の初め頃の川では、手ですくえるほど魚がいたという。半世紀もしないのに激変してしまった。

海もその通り、全国どこの海岸も同じように海藻も少なくなり小魚も少なくなり大きな魚も寄って来なくなっている、食物連鎖の悪循環にはまったのだ。昔の北海道のニシン漁などはその典型的例だと思う。足の踏み場もないほど魚で埋め尽くされていた浜はすっかり寂れてしまった。

　宮城県北沿岸の気仙沼に畠山さんというカキ漁師がいる、彼は海から程遠い山に木を植える運動をして世界から一躍注目された。なぜか？　その山に降り注いだ雨が川を流れあるいは地下水となって下り、たっぷりミネラルを含んだ水がカキを養殖している湾に注ぎ植物プランクトンを発生させて大きく立派なカキを育てるからだ。その畠山さんが牡蠣を養殖している海についても、平成23年3月11日の東日本大震災の大津波でカキ養殖はしばらくの間絶望視された。しかしいち早く養殖を再開した畠山さんのカキやホタテは津波の前より粒が大きく、育ちも早かったという！　人の営みで汚れていた湾の海底のヘドロや汚れた海水を津波が綺麗に押し流してくれた結果だった。これは何を教えてくれているだろうか。自然の成り立ちに身を任せる事！　自然の有難さを身をもって教えてくれる典型的な事例であろう。考え方によっては、大津波は人間の汚した環境を大掃除してくれたと思ってもいいほどだ。被災した方々には申し訳ないが。

　同じ宮城県の南三陸町では住民の要望で河口の護岸復旧工事は川底の水が流れる部分を石垣にしたら震災以前のカニやハゼや川エビが戻ってきたという。地元の漁師は「海は命を奪ったが命を返してくれる」とし、海にも大ぶりのカキが育っているので津波で海がきれいになったのはないかと話している。

　少なくても、自然は時として想像を超える力を生む。そこを想定しつつ、私たちは出来るだけハザードマップを参考に災害に遭いやすい河川の周囲や海沿いに住まない！　行政も家を建てさせない！　そうした土地の活用方法だけでも、巨大なコンクリート壁を造ることによっての自然破壊は防げるのではないだろうか。

　災害は人間の視点から見ての話で、自然は当たり前のサイクルでの事象に過ぎないのであり、環境を綺麗にして肥沃にする行為と考えるのが自然界の成り行きに合う見方ではないかと思う。

　私たちは動物より多少の知恵と力を持つあまり、周りの環境を人間目線の力で変えようと重機を使い開発してきた。しかし、それが時として自然からの反撃に遭う羽目になってしまう…。技術が発達した今、まさに鳥の目のような俄かに脚光を浴びだしたドローンや衛星写真などから現場を見ればまた目線が違う別の判断も出来る、自然の流れや形状に合わせてどこが安全かも客観的に見て安全性を判断できるはずではないか。

　東日本大震災の後で、岩手の沿岸の高校生が津波の到達域をわかりやすく示すために地元の地形の復元模型を作り、実際に水を流してどのように浸水するか目で確認できるようにしたニュースが放送された。そのようなシミュレーションを河川にも適用し防災に役立てる事も出来るのではないだろうか…。せっかくの貴重な税金を投

入し１秒で707兆回もの計算する処理能力を持つスーパーコンピュータを是非活用してほしいと思う。その能力も令和２年ぐらいには新型になりさらに能力が向上する。

　ちなみに正常性バイアスと言う言葉があるそうだ。自分は大丈夫だと言う偏見と思い込みの認識だ。それが一番怖い事だと防災の専門家は述べている。いざ災害に遭うと驚いて凍りつき症候群と呼ばれる状態に陥り逃げ遅れることもあるらしい。それで専門家は事前の対策と事前のシミュレーションをしておくように勧めている。インターネットから浸水被害マップや地盤サポートマップを検索すれば自分の家の周りの危険度も知ることができるのだから…。こうした備えはどんな災害にも当てはまるはずだ！

　少子高齢化・地域過疎化の今こそ一旦振り返って、血税をできるだけ使わない、自然のサイクルに従った豊かな環境を生む生活への転換が求められているように思う!!

海の防潮堤の建設について

　私は趣味で釣りを楽しむ。若い頃は岸壁や岩場など至る所に行った。古希になったので今は車から降りたら直ぐに乗れる釣り船を専ら利用している。東日本大震災後間もない、破壊痛々しい船着き場から外洋に出た。陸から見ると津波の傷跡は生々しく痛々しくテレビのレンズの一つ目で見るのと人間の二つ目で見るのではその悲惨さが大きく違った。当日、後で知ったが海の近くに家があって津波で流されたと言う人と釣り座が隣どうしになった。なにげない話の中から、彼は次のように話し始めた…「津波の後しばらくして家に行ってみるとすべて流され釣りの錘しか残っていなかった。着の身着のまま一人ぼっち、海を見るのもほとほと嫌になり友達から誘われる釣りも幾度となく断ってきた。でも思い切って友達に誘いについて来てよかった…この景色を見ていると気持ちが晴々した…」と！

　なるほど冷静になって周りを見てみると、壊れたものの多くは人間が作ったコンクリート物がほとんどだ。美しい岩場と沿岸の景色は何事もなかったようにそのほとんどが破壊されず堂々とたたずんでいる。若干の波を

被った岩の上に生える木々の変色を除けば…無言のその
風景は何を私たちに語っているのだろうか。

　私は、微力で小さな人間が大自然と共生する大切さを
教えているのではないかと思えてしかたがなかった。

　東日本大震災以降に復興で建設された船着き場でも問
題が生じている。ある地区では堤防の船着き場にハシゴ
を掛けて小舟に乗り降りしなければならず、収穫した海
産物の荷揚げにも一苦労する、そういう場所も出てきて
いると言う。せっかく大切な復興予算を使ってそんな利
用しづらい着岸提をなぜ造ったのだろうか？　聞いてみ
ると、建設当初は船から見ても適切な高さだったという
のだ、しかし、のちに程なくして地殻変動で高くなって
しまったのだそうだ。

　たかが４〜５年でそんなにも土地が高くなったり低く
なったり、伸びたり縮んだりするものなのだ。震源域近
くの深海地下では地層にスロースリップ現象の歪みが生
じ、断層が一瞬で30ｍもずれた場所もあるらしい。そ
れを考えたら、もしかすると太平洋沿岸に建設が継続さ
れている巨大な堤防の建設も、当初の設計より高くなっ
たり・低くなったりする問題が生じていると考えるのは
妥当ではないだろうか！　加え、津波の波の引き波の時
に堤防が滝壺現象という流れが被害を拡大させた可能性
もあると震災後の検証で報告されている。何故かと言う
と引き波のパワーは押し波よりスピードが速くなり時速

40km以上でガレキなどを巻き込み猛烈な破壊力を生むからだそうだ。自然は堤防一本でも潮の流れが変わり、当たり前に見えている環境の変化に微妙に影響も与えている事を肝に銘じておく必要もある。

　人の造ったものは破壊されると醜く多額の修復費用を要する。一方、自然の生態系は災害があってすばやくそれに対応し修復し共生する能力を備えている。海岸の小動物は一時姿を消したものの、すぐに戻ってきて震災前の状態に近づいたというニュースも見聞きした。流された海藻や藻類も海の中で自然に自生を遂げ回復している。多額のお金も人の手も加えず自然はその傷を癒し修復するのである。

　そもそも景観は若干破壊されてもそれなりに美しい。その一方で破壊されて人の造ったコンクリート物はなんと醜いのだろう…。そのような意味では岩手県の陸前高田市で町の有志が松の木を海岸に植樹し防災林を復活させようと取り組んでいる、その方が自然に朽ちる木なので景観からしても相応しい取り組みだと私は考える。

　そんな事を考えてみると生態系を壊す事はもとより、多額の税金を投入し、しかも定期的な修理に後の世代の負担を強いる事になるようなことはできるだけ避けるべきではないだろうか。過疎化の波が容赦なく押し寄せている時代に。

　私の故郷の宮城県北沿岸のある地区でも、巨大地震に

よる大津波で代々続く田んぼや墓も波の下になり一つの集落が流され消えた。後の話であるが、津波を被った田んぼを耕していた叔父が、ここの土地は掘るとすぐに砂や小石の層に突き当たる、以前に何度となく津波があった証拠だと思う…満潮や大潮などの時期も要注意だと話した。それは月の引力などの影響で地球に歪みが生じるからだと私は思う。やはり昔人の知恵は鋭い！

　地質学者は地層を掘ってその痕跡を調べる。なるほどと思った。大きな堤防を作る陳情運動がすぐ始まりその計画案と概要が示された。しかし、その地区の景観を総合的に考えた時にどうなのかと疑問が呈された。その場所は私の小学生の頃などは海水浴に行くと砂の中を足で探りハマグリ貝がいっぱい見つけられた、少し離れた岩場ではウニや岩ノリなど様々な海藻もいた、お袋は、汐の大きく引く季節に潮干狩りに行くのを楽しみにしていた。貰い物ながらウニだけ丼ぶりで食べた。今では考えられない恵まれた時代だった。

　津波の後すぐに、防潮堤の話が出た。そしてそれは浜の生態系の破壊と過疎地区を守るだけの価値があるのかＴＶキー局や全国紙の話題ともなった。結果はどうか海岸沿いに長城のような巨大な防潮堤が出来た。そしてもう一つ同じ位の高さの三陸縦貫自動車道（高規格幹線道路）が防潮堤からほど近い数km内陸側に作られた…！省庁の縦割りの弊害なのだろうか。地区の方々にはお叱

りを受けるかもしれないがどちらか一本で工夫すれば津波は防げるように造られたはずではないのかと疑問を持つ。川に高い護岸工事で土を盛る、うず高い堤防を造る…言葉は悪いがカエルやイナゴを守るのか？　必ずや地下水や地盤沈下等の問題が生じ、後々に生態系と浜の魚貝と海藻類の恵みに影響するのではないかと素人ながら思っている。

　高額の税金を投入し住民も反対する、今まで豊かな恵みを得てきたその土地を破壊し、自然体系を崩してまでの復興は、その土地から得てきた自然の恵みを破壊に追いやるものでもある事を忘れてはなるまい。自然の土地、森、木、川、湧き水、すべてが変わってしまったらどうなるだろう…。自然があって私たちは生かされ、生きられることをいつも頭におくべきだと思う。自然がまず初めにあり、それに人間が従うことだ！

　海外の極端な例かもしれないが、水の都ベネチアでは地下水を汲み上げ過ぎた結果に地盤地沈下がおき、さらには高潮で都市の７割が冠水する被害にあっているという。身勝手に自然に対し手を加えすぎて土地が微妙に変化する事を示す事例ではないだろうか。

　すべて税金、後の時代になって補修の問題が出てきた時に、借金大国の国は造ってあげたのだから後は地元で負担を…などと言われたらどうするのだろう？　過疎と化した地区の人々へ多額のつけを残すのは目に見えてい

るような気がするが。間違わないでほしいのは過疎化し
たその地を見捨てろと私は言っているのではない。

　余談ながら、被災した土地のお金が欲しいだけの補償
金目当てでの建設促進であってはならない。得てして声
高に叫ぶ一部のそうした人の声が優先されてしまってい
るのも現実の一端のような噂も聞こえてきた。声の高い
ものの勝ち的な目先の利己利益優先の事だけに囚われて
はならないだろう。生活再建を目指し率直に頑張ってい
る方には申し訳ないが…。私の場合は田んぼと墓が波の
下に沈んだがそれだけで済んだ。もし家も家財もすべて
流されていたら感傷と挫折に浸り一途にこれまでと同じ
環境と状況を取り戻したい一心で客観的な見方はできて
いなかったかもしれない。

　いずれにしても多少の不便を強いられても、自然の土
地の変化に生活を合わせ、自然を生かした生業を目指す
べきなのは妥当なはず…。地殻の変動が無ければ地球は
死の星となってしまうことを忘れてはならない。歴史の
中では何度も押し寄せてくる津波はそこに住んでは危険
だよ…と教えてくれてもいる。三陸では幾度となく津波
を経験した教訓から高台に地域で移転した住民の集落は
東日本大震災での津波の時もほとんど被害がなかったと
いう事例がある。そこは岩手県の大船渡市の吉浜地区と
いう集落で「奇跡の集落」として国外からも注目され
た。震災による奇跡が岩手には二つある。第一点は高台

56

に住居を構えた事、第二点は子供たちが日頃の防災訓練をもとに率先して高台に走って逃げて助かったことだ。幾度となく三陸は津波の被害に遭って来た、それで他の人はどうでも自分は率先して逃げる「津波てんでんこ」と言う代々言い伝えられた標語も岩手にはある。

　宮城県の女川町は震災後高台移転で復興を進めているという。生業をしている人は多少不便でもそのやり方は後世にきっと残り感謝されるものだ。

　津波で流された海の近くに家屋を持っていた住民の多くは、こんなにも海が近かったのかと口を合わせて言う。近隣の家屋に遮られて海が見渡せなかったのだ。岩手の田老地区には万里の長城とまで言われるほどの巨大な防波堤が造られていたが波はそれを易々と超えた！内側に住む住民は海が見えないことによっての過度な安心感を生んでしまっていたのだ。高い防潮堤はもしかしたらそれ以上の高さの波が来て水が内陸に入った時にその水が溜まって抜けないという問題も含んでいる事も心得ておかなければならないかもしれない。波の破壊力を侮ってはいけない、海の底から押し寄せる波と引く波の力は想像を絶するものがある…普通の表面だけ揺れごく波と違うのだ。私が小学生の頃、南米チリで発生した津波が三陸まで押し寄せて来た時、それを海に近い河口の川まで見に行った記憶がある。それは、波が壁になって川に押し寄せて来るのだ！　しかし今回の東日本大震災

はその何十倍いや地区によっては何百倍という非常に大きな津波だったのだ。

　震災で行方不明の方々が多数いるが、強烈な引き波とガレキやヘドロなどの土砂の合わさった力で深海に引き込まれ潮の激流に流されているのではないかと私は思う。潮の流れは私たちが思っているより予想以上に凄い。タラ釣りで沖の200mぐらいの水深で約1km程の錘を使っても流されて底についているのかわからない激流になる時もあるからだ。被災した小舟がアメリカ西海岸や沖縄で発見されたのはそのことを物語る事例だと思う。遺体が発見されない事も非常に辛い、でも考え方によっては死に様を見ていないだけに…もしかしたらどこかでひょっこり会えるかもしれないと思えば、心も安らぐかもしれない！　私の場合は死んだ様を見てないことによって逆に、亡くなったという悲しみから逃避できたと親父の時に思った、それも気休めではあるが…。

　それも人それぞれで、宗教の考え方の違いもあり一概には決めつけられない。人間には忘れる事と新しい事を記憶する能力の両方が備わっているのはなぜなのだろうか、脳の欠陥ではないはずだ。辛い思いを忘れる！　そのバランスが上手く取れるように備わっている能力の一つかもしれない。

　美しい海も見渡せない、高額の税金も投入する、住民も反対するような巨大な堤防を造るその費用で、素早く

被災した土地を買い上げて住民を安全な高台に住まわせるような政策を取る方が、5年も10年も仮設住宅に住まわせるより短期間でより手っ取り早く出来たのではないのだろうか！　被災者は喪失と自暴自棄で遊興に走った事実もあるし時間とともにその切なさが増す。そして何より一度その地を離れて生活を始めればすぐには舞い戻れない事も被災地の過疎化に拍車をかける結果となっているのも否定できない。せっかく税金を投入して住宅地を作っても時間が邪魔して戻れない問題も生じる。

　巨大な張りめぐらされる堤防や移転のための広大な盛り土をするお金で全壊の被災者にも半壊の被災者にも、家が傷んでも声を上げられず住み続けている住宅への修繕費補助も、その被害に応じた臨機応変な補助金や生活再建資金などの復興支援の策が喜ばれるような気がしてならない。ただ注意しなくてはならないのは一時金が入ると気が大きくなって遊技場や飲み屋に走る者が少なくない、東日本大震災でもそうだったのであらゆる災害に共通している問題だと思う！　そこで生活再建の貴重な税金投入を無駄にしないため、何にどの位の金が必要なのか、使い道と使った後の報告の確認を義務づけるなどの対策も有効ではないかと考える。

　少なからず被災した住民の早期生活再建のお金の問題も時代を引き継ぐ後の命も私たちが恩恵を受けている自然の保護も両立するのではないだろうか。

　郷土の自然の土を削ったり盛ったりする行為はできるだけ必要最小限にすべきと思う。郷土の環境を変える川や海の恵みを失う行為ととらえるべきであろう！

　震災直後はどうしても感傷的に以前の生業の面影を追いそれに向かって復興しようとする。誰しもがそれは同じ状況に遭えば同じ思いを持つに違いない。がしかし、今、国の支援がなくて、もし復興計画を立てるとしならばどんな計画を練るだろうか？　もしかしたら小規模な計画になっていたかもしれないのではないのだろうか！

　事実、岩手沿岸の各自治体では８年もかけて大規模に盛り土をして区画整理をし、いざ引き渡しとなったら住民が戻らずに復興ラグで空き区画が目立っている、住宅地も商業地もいわゆる歯抜けの状態なのだ。マスコミはそれを誤算ではないかと表現した。待ちきれず住民は既に他県で生業を再建し始め、戻るにも時間が邪魔をして戻れない現象が起きてしまったのだ。希望と現実は時として異なる。例えればすぐわかる、一気に積み木するよりも小出しに着実に積み木をした方がよい場合もある。

　災害復興の際にこれは全国どこでも当てはまる事案だと思うので参考になるのではないかと思う。

　震災遺構についても必要なことは最もだが沿岸に一か所か二か所に造ればよいのではないだろうか？　市町村ごとに様々な思い出もあり残したい気持ちは重々解る！　しかし人口減少の中で後の維持管理費の負担を強

60

いるような事をしてはならないのではないか。近視眼的
ではなく、人の懐をあてにせず、頭を冷やして冷静に考
えるなら自ずと答えが見えてくるはずと思うが…皆さん
はしがらみ無しで大局的に第三者の目で事を判断するな
らどう考えるだろうか？

　古代の兵士は戦いに分厚くて重い盾を手に持ち敵の剣
や矢を防いでいた…！　私は、沿岸の防波堤を見ると何
かそうした兵士のように見えてしまう。命を守るには危
険を冒すより、さっさと素早く逃げた方が得策となる戦
術もある。

　この借金大国の巨額の税金投入をして一部のエリアを
防護するか！　逃げて自分の身を守るのか！　出来るだ
け対費用効果と環境保全のバランスを考慮し知恵のある
方策を今こそ選択するべきと思う。自然に優しい減災の
計画をと願うばかりだ。海に囲まれた日本列島で「安全
な所は無いと心して生活」すべきだろう。加え今後10
年で世界中の都市開発によって今ある海岸の10％が失
われると言われている。海岸は海の生態系の保全にも役
立っており、海の生物からしたら人間の海岸周辺の開発
や堤防の建設は迷惑千万なはずだ。

　ＴＶニュースによると東北大学の研究チームがスー
パーコンピュータを利用し津波被害予測システムを開発
したとの事だ。リアルタイムで到達時刻・波の高さ・複
雑な地形に合わせた浸水被害状況、加え浸水範囲に家が

何棟あり何人の犠牲が出るのかまで予測できるらしい。当面は南海トラフを対象とした運用のようだが、逐次全国にそのシステムの運用は拡大していくのも時間の問題かもしれないという。こうした研究を海だけに限らず河川にも山の災害にも応用されることを期待したい。

　参考までに、大災害ではブラックアウト現象で電話と携帯も不通・停電・断水・ガソリン不足、さらには新聞も届かないことは全国どこでも生じると思うべきだ。令和元年九月に台風が首都圏を直撃し、電気がストップし大混乱となったように特に大都市になるほど文明の力ははかなくダメージも計り知れないと思っていた方がよい。事実、千葉県は東京から近かったにも関わらず２日も３日も陸の孤島と化した！　問題になるのは自治体の支援物資の配布が遅く届かない事だ。これはいずこの災害でも生じているので杓子定規でだまって住民が求めてくるのを待っているお堅い役所仕事ではなく、今緊急に必要な人に順番つけず配るべきで不足すれば補充すればいい話だ。可能なら物資を積んで積極に広報車やハンドスピーカーを持ち出かけて行き戸別配布するぐらいの事前のシミュレーションと改善、臨機応変の柔軟な対応を是非望みたいものだ！

　大都市では消防車の梯子の水も届かない高層ビルに高額のお金を払い住んで悦んでいるが、引力の法則に逆らいすぎるとろくなことにならないのではと傍目で見てい

62

る。それよりはリスクの少ない片田舎の平屋の家で野山の蚊に刺されながらの生活を楽しむ方がよほど安全ではないのだろうかとも思う。

　震災直後は揺れと共にすぐの停電でＴＶは見られなかったし電話も通じなかった。幸い私はワンセグＴＶ・ラジオを持っていたので津波の押し寄せるさまを見て知る事が出来たが電池がすぐ切れた。それで一番役立ったのはラジオであった。地元ＡＭラジオ局はすぐさま臨機応変にリスナーから寄せられる被災状況や道路の通行止めとメール等で寄せられる細かい安否確認の情報まで流し続けたので状況がつぶさにつかめ大助かりだった。その時に誰しもがラジオの価値を見直した。後にさらに細かい情報を地区ごとに扱う臨時災害ＦＭ局も出来て皆が励まされ続けられた。以来私はいつも枕元にラジオを置きすぐに情報を得られるので重宝している。全国各地の地元のラジオ局はその面では臨機応変の情報を流してもらいたいものだ。加えておくが情報収集にアマチュア無線の方々も貢献をした。いずれにしても備えは命をつなぐ。水とラジオと懐中電灯とカセットコンは最低限必要だ！　いずこもそうだが携帯やスマホのバッテリー切れで不便な思いをするので車のシガーソケットから充電できる器具もカー用品店などで購入しておくと良いかもしれない。

　放送局や通信各社にはＴＶやスマホなどを活用し、防

災の啓蒙活動の動画を制作し年に数回でも集中的に流してもらいたいと思う！　全国キャンペーンの啓発活動を行う民間団体ＡＣジャパンなどにはその面に関しては特に頑張ってほしいと願う。そして災害の実際の体験映像などをバーチャルに疑似体験するような方策も考えてもらうとありがたい。震災遺構や伝承施設などもあるが煩わしさを理由に出向かない人がほとんどだと思う。災害に遭った当事者はいつまでも忘れないが、それ以外の人々は日々の生活に追われ１年もすればすっかり忘れてしまっているのが現実なはずだ。だから震災を知らない人々も含め身近に直接送り届けていつも啓蒙できる映像のインパクトが一番強力なはずだ。皆で防災・減災をしっかり心がけたい！

　東日本大震災からすでに８年が過ぎた。ある漁師は涙をこらえながら次のように話した「全国から支援をしてもらいやっと生活の基盤が見えてきた…支え合うということは一番大事だと思う」と。人は互いに助け合い支え合わなければ生きられない。古来の文字は互いに支え合っている姿を、右と左から寄り添う二人の形を人と表現した。

　いつの時もそうだが、人は追い込まれた時と文無しになった時にその人間性が試されるのかもしれない…。

空き家と廃屋の問題

　私が東日本大震災の津波で家を流された被災者に古民家の実家を貸した話である。直後は電話も携帯も不通で連絡も取れない、ガソリンスタンドにも大行列ができて車に燃料も入れられない状態が 1 週間以上続いた。10日間以上経過していたと思う、実家方面への道も所々寸断状態の悲惨なガレキの中で支援物資を積んで車を走らせた…。

　その後しばらくして親戚から電話があり、家族が多く災害住宅のプレハブに住むのは無理で困っている人が何人かいるので貸さないかという内容だった。その時は丁度お袋も老人ホームに入居していて空き家になっていたので私は同情心もあり、みなし仮設住宅として貸すことに同意した。家にある物の家電や布団等も使えるものは使用して良いからと伝えた。そして 6 年後、その家族は自宅を再建でき引っ越す、と言う連絡が入った…。ここまではめでたしめでたしである。しばらくして、彼らが引っ越した後を見に行った時にものすごく腹が立った！たしかに私の実家は昔の家で、住まなければ取り壊してもおかしくないボロ家で昔ながらの茅葺の家であった。

が、いくらそうであっても一時寝泊まりして世話になった家なはず。…ところが生活の後がそのまま残る、ゴミは散らし放題で家の中も外の周りも片づけた様子もなし！　これが今の人たちの常識なのだろうか、当たり前の姿だとしたらと悲しくなってしまった。モラルは我々一人一人を象徴しているのだろうか…？

　その有様を見た私は生まれ育って長年お世話になった、色々思い出のつまった故郷の実家ではあるが、廃屋の問題も見据えて解体することに決めた。

　昔の古民家特有の特徴で梁や柱も太い材料であったので、古民家再生協会に相談し解体した古材を活用してもらおうと考えた、そうしたら相当の立派な古民家でないと事前の解体見積もりや後の運搬などの費用を考えれば高くつく可能性があるとの事であった。それで結局引き取ってもらう事はあきらめた。

　解体前に、親戚や子供たちに手伝ってもらってゴミの分別をしながら家の中の家財を整理し、多く残っていた食器類等は手伝ってもらった方々に欲しい物を見てもらい差し上げた。地区の集会所に寄付したものもある。家電や戸棚ラック等の物は廃品回収業者に有料でお願いした。また多量の書籍は廃品回収業者の方が無料で引き取ってくれた。

　昔の家なので家の前には水を汲み上げた井戸もあったが、それも後の危険となってはいけないと思い、埋め戻

すよう建設業者の方に伝えた。

　土地は綺麗に更地になった！　見ればいろいろな思いがよみがえってくる、悲しくもあり複雑な思いを持つ。でも感情に囚われすぎてはいけないことも教えられた。空き家の維持費は固定資産税・保険料・電気や水道の基本料金・管理費・修繕費・周りの草刈りなど半端ではない…。

　今回の教訓は空き家や廃屋を解体するには労力もお金も思った以上に掛かることだ。家財を片付ける費用と実際の建物を解体する費用…それは建物が大きければ大きいほどその負担も増える。調べてみたら解体費用は平均的な家屋で150万〜300万円（平成30年）くらいが相場だそうだ。後で知ったが解体ローンなるものもあるらしい。

　多少の不便があっても小規模の住宅でよいのではないかとつくづく実感した！　ましてや子供たちが巣立って老人だけになってしまうのだから。問題は、解体したい思いはあっても金がない、あるいは金があってもお金がもったいなくて解体する意思がない、そのどちらかだ。得てして前者がほとんどだと思うが…。

　そこで、家を新築する時に市町村はその家の大きさに見合った解体費用積み立て税なるものの徴収を考える、あるいは解体費用積み立て保険などというものも有効ではないのか。自分が老いて解体する費用を捻出できないとか、解体せずにどこかに家族が行方不明となって危険

な住宅として残ってしまう事も予防できるのではないだろうか。もし自分だったら親がそうした手続きをしてくれたら嬉しいのにと感じた！　自治体が中心となって田舎の空き家を紹介する空き家バンクもあるらしいがこうした活用の取り組みも移住者にとっては嬉しいことかもしれない。

　田舎といわず都市といわず、至るところに危険な古民家・廃屋や小屋など様々な生活の痕跡が散在する。その一因は税金制度にあるという、古家を残していた方が更地にするより税金が安いからだ。そして相続の法的な問題もあり複雑になる。年金定期便などのように土地建物の所有者には定期的に登記を改変する事を促すなどの対策も考えられる。また行政には所有者不明の土地などには強制的に更地にして公の土地として活用するなどの権限をもっと与えてもいいのではないのだろうかと思う。この廃屋の問題は一般住宅などにとどまらず老朽化したアパートやマンションさらには巨大な工場まですべてに当てはまる。

　住んだ住民は愛着や思い出もあろう。でも他人は甚だ迷惑千万だ、朽ちればはがれたゴミも飛んでくる。巨大な鉄骨の工場などになったら大きくて手も付けられない。粗大ごみと化したものをそのまま捨て置かれた土地の所有者、つまり地球の事だが管理人でものが言えるとしたら怒りをもらうだろう。地球活動からすれば我々は

瞬く間に一瞬の一息のように無くなる住人なのだ、だから自分の土地とは言え、一時の間だけ無償でお借りしているものだと考えた方がよさそうだ。

お世話になった所は掃除して感謝し原状復帰して返すのが礼儀なはず！　そう考えるとシンプルで簡素な生活が一番いい事にたどり着く。昨今、生活に不自由のない設備が整った移動式トレーラーハウスなるものもあるという。

生前整理なども盛んに話題に上るようになってきた、良い傾向だと思う。私は１年間使わない物はすべて処分してかなり身軽になりスッキリした。何の不自由もない。合言葉は老人になったら生活をシンプルにすべしだ。狭小住宅の勧めを提案したい！

笑い話ながら、Fade away 荷物が無いから身軽で夜逃げは今すぐにでもＯＫだ！　もう小さな墓も建てたし…。

私の理想の死に方は、いつの間にか姿が見えないようだがあいつは元気だろうかなどと噂されている時はとっくに墓に入っているという筋書きだ。

私たち一人一人が自分の寿命が見えてきたら更地にして墓に行く準備をする…その位の心構えでないとこの空き家と廃屋の問題は解決に向かわないのではないかと思ってしまう。

平成も終わる時点で…なんと全国の家屋の７軒に１軒は廃屋だという事だ…。

科学への過剰な信頼

　目覚ましい科学技術の開発と進歩によって人類は確かに豊かになったかもしれない。しかし一方でそれが本当に豊かなのかという問いも生じる。

　東日本大震災では電気・水道がストップした…その時に、昔ながらの生活で井戸や湧き水を使い薪でご飯やみそ汁を煮炊き出来たところはその面に関してはあまり苦労しなかったようだ。むしろ被災した方々に温かい握り飯や身に羽織るものを差し入れて持て成し感謝されたと言う。これは裏返せば何を教えているだろうか。極論ながら人間のつくった物はもろい、もっと自然と共存した生き方をするようにと教えてはいないだろうか。

　一度災害などに遭うと痛感させられるのは人間の力や機械より自然界の力の方が余程強力だという事ではないだろうか。自然のエネルギーや法則に関しても人がコントロールできないほどの開発は控えるべきだ。

　科学者は、原発は安全で便利なものだと言って造らせた。人類は新しい火を発見したと胸を張った。しかし火が強すぎて消す事が出来ないではないか！　人間の血液一滴も、飛んでいる蚊一匹も、雑草の葉一枚も造ること

が出来ないほど微力なのに…！

　旧ソ連で起きた1986年のチェルノブイリ原発事故を8000km離れた日本で一週間も早く探知できたのだそうだ、ソ連政府が住民にひた隠しにしていた放射能を。チェルノブイリ原発事故は死者4000人以上、未だにその処理の出口も見えていないという！　事故から30年以上も経過したにもかかわらず冷却水の貯水池では水位の変化によって長期間体内にとどまり骨に蓄積しやすいストロンチウム汚染値が逆に上昇している所もあり、池のナマズから何と6000ベクレルもの線量が計測されたという（ちなみに日本の一般食品の安全放射能基準値は100ベクレルだ）。それに加え極秘の放置された研究施設や軍事工場、さらには原子力潜水艦なども多くあったはず。そうしたものが正しく解体されず野積みに後回しで腐食してしまっていたらゾっとしてしまう。チェルノブイリの除染を担当している作業員は言った「目に見えないから危険なのだ…」と！　そして彼らを苦しめているのは被ばくした事により過去のトラウマに囚われての将来の恐怖だという。

　身近な福島の事故も、そして世界中の事故を起こした原発も、もし、放射能に色が着いて目視する事が普通に出来たならば、住民はその山河を見てまた住みたいと言うだろうか。食べ物・飲み水・内部被ばく・外部被ばくに影響を与える半減期8日のヨーソ131とそれ以外の寿

命の短い核種も考慮しなければならないと専門家は言っ
ている。福島について研究者の言った言葉が耳に残る。
「６年も７年も経ってやっと解ってきた、甲状腺の被ば
くであるヨウ素のセシウム137に対する比率が大きくな
る場合は被ばく量がより大きくなるのでヨウ素とセシウ
ムの比率を見直していかなければならない」と。（ヨウ
素は血液中から甲状腺に集まって蓄積される物質・セシ
ウムは約30年という半減期の長さから食品への影響が
懸念される物質）加えて海から蒸発し上がってきた放射
性物質の大気中濃度も考慮する必要があるらしい。つま
るところ爆発した放射性物質について、いつどのくらい
の風向きと風速だったのかを再現し、大気汚染のシミュ
レーションを改めて行なってみなければならないという
のだ。結局はよくわかっていないと言うことではない
か！　色がなくて見えないからアバウトに住民を帰還さ
せたり出来るのではないかと様々な情報を見ると思えて
しまう。

　放射性物質の拡散は東日本から北日本にまで及んだ。
ある研究者は森林の放射能物質は手ごわく広範囲にわた
り、かなりの期間影響を及ぼすのではないかと述べてい
る。福島県の森林の７割の土壌にセシウムがとどまって
いるとも言われている。雨の影響を受けやすい山側の沼
に住む魚は堆積物の中の土や木の汚染物質を食べる甲虫
類を餌としているという。そのような魚は線量が高い傾

向にあるという調査も８年も経過してやっと明らかになりつつある。また川の上流に住み水生昆虫や陸生昆虫を餌とする魚のヤマメも、人間がガンや白血病に至るといわれるセシウムの検出量が1700ベクレル程度と高いという。総じて肉食系の魚と水の放射線量が増加に転じている所もあると報告されている。

　福島もチェルノブイリもピーク時には共通して魚などは１万ベクレル計測された。今後の研究にも同じような条件とみなして調査していいかもしれないとチームは話している。さらに福島の場合は山や川だけでなく海にも汚染水は少なからず流れ出している事も見逃してはならないだろう。廃炉に伴う巨大なタンク950基近くもの多量の浄化出来ないトリチウム（体内の血液などを通じ細胞ＤＮＡの染色体異常を起こす）を含む冷却汚染水・解体した線量の高いコンクリートや鉄骨、そして何よりも人が即死するような高線量をもつ炉心が溶け出した３基で800 t 以上のデブリの中身はどこに持っていくのか、廃炉作業は誰もやったことのない未知の世界で困難を極めるという…しかもゴミだから当然どこかに捨てる事になるはず！

　原則は単純に考えた方がいい、掃除機にいっぱいに溜まったゴミはどこかに捨てなければならない、自分の家のゴミ箱か他人のゴミ箱に！　犬や猫でもあるまいし糞をして土を被せればいいと言うものでもあるまい。福島

では除染で出た廃棄物が家の軒と言わず10万か所以上
も野積みになって持て余しているらしい、それだけでは
ない宮城や岩手などの近県の除染した除染土も多量にあ
る。身の周りが除染されればされるほどそれだけゴミは
山積みとなる、どこに処理するのか責任のなすり合いと
悪循環のスパイラルに入って最終処分の目途も立ってい
ない！　どこかに埋めて…はい、終わりぃ〜！ではあま
りにもお粗末で無責任ではないのか？

　子供の甲状腺に与える影響も定かではなく…小出しに
後始末の発表があるではないか。今までのデータが足り
なかったとか少なく見積もっていたとか…後から後から
何かしら出てくる。

　震災関連死（累計）も2018年で宮城県や岩手県と比
べても福島県がダントツに高いという。しかも依然とし
てその数字は上昇傾向にあるらしい。仕事や生き甲斐の
喪失、故郷の土地や自宅を失った悲しみ、失われたコ
ミュニティ、他の場所での人生の再建へのストレスなど
によるものだ。では、研究者や設計者や建設者そしてな
により建設を促進した政治家と行政担当者の中で申し訳
なかったと切腹した者はいるだろうか！　相変わらずぬ
くぬくと温かい飯を食っているではないか、かたや冷や
飯を食って命さえ失くしている者もいると言うのに。

　どこの国でも研究者といわれるような人たちは同じこ
とを言うように聞こえる！　つまり、自分たちもハッキ

リと解っていなく…多分そうだろう的な見切り発車では
ないのか？　自分が殺人者と表裏一体である事を肝に銘
じ自覚し認識すべきだ。自分たちの実験に都合のいいよ
うに使われたのでは…こっちがかなわない！

　一見するとコストが安上がりと言うものの長いスパン
からすると、果たしてそうだろうか？　建設するための
安心料を住民に支払い続ける金！　事故に遭ってしまっ
た人々への補償などの金！　原発を建設した企業には今
度は廃炉処理で金が使われる！　すべて税金なのだ。総
合的に考えて安いと言えるのか。

　何よりも豊かな土地が汚染される代償は、この小さな
島国にとってお金の問題だけではない大きな損失ではな
いかと思うが、皆さんはどう思うだろうか。

　物事を簡単に考えてみて、皮肉を込めて偉い科学者さ
んに問いたい、仮に自分の家の庭に原発を作るでしょう
か、廃棄物を処理する便所もないのに…！

　原発の建設地は断層がなく地殻が動かないという前提
であり地中奥深く放射性廃棄物を埋めるというが、地球
は絶えず活動し地殻も長いスパンでは動いている事を忘
れてはいませんか、と言いたい。沈下と隆起を繰り返し
貝殻が高山の頂上で見つかっている事を地質は教えてく
れているのに。東日本大震災で列島の陸地のある部分で
は30cm以上もあっと言う間に移動したところもあると
いう。フィンランドには世界で唯一の放射性廃棄物貯蔵

所があり地下約500mに埋め、しかも10万年後まで安全だとされている…はたしてそうだろうか？

　自然の力は計り知れないパワーを秘めている事を忘れてはなるまい!!　いつも聞く言葉は同じだ。「こんなはずではなかった…想定外だった」と！　余談ながら爆薬を発明したアルフレッド・ノーベルは自分の意図した事と違う兵器開発に爆薬が使われ憂いてノーベル賞を創設したのだという。また一方で水素爆弾を発明した物理学者のエドワード・テラーは爆弾を開発して後ろめたくないのかという問いに対して「核兵器は科学者にとって最も魅惑的な冒険であり挑戦だ」と述べその異常な執着を示した。便利さの裏には必ず負荷が付きものなのだ、しかもそのプラスの面とマイナスの面の差が大きいほどダメージも大きくなるというのが自然の法則だ。

　広大な面積をもつ岩手県の昔は交通の便が悪く道路も鉄道もない時代があった。そのなかでもとりわけ典型的な僻地と言われ、隣の集落まで徒歩で山越えをしなければならないような沿岸北部の無医村の村に一人の駐在開拓保健婦が就任した。その保健婦は後にその地の魅力にひかれ、そこの村人の嫁となった。昭和56年頃の話であるが県の原発誘致の話が出て適地調査がなされた。そして彼女の住む村が最有力候補地になったのだ。その話を聞いた彼女は、嫁に来たその地の海と山を、
「これが海であり本当の空、みどり…本当のものがあ

る。

　吾が住み処　ここより外になしと思う　大気清澄にして　微塵もとどめず」

　と詠い、豊かな自然を汚してはならないと村長に手紙を送り住民を巻き込んで猛烈な反対運動を繰り広げ続けた…その話は今も語り継がれている。そして結局、県も誘致を断念した経緯がある。晩年に彼女は、

「純粋な世界の中で生き続ける

　我のひと生の　誇りと思う　村に原発　容れざりしこと」と締めくくった。（岩見ヒサ『吾が住み処ここより外になし』2010年　萌文社）

　東日本大震災で、もし福島のような事故が起きていたら10mから20mもの大津波に襲われた岩手の沿岸ではもっと悲惨な事故になったに違いないだろう。

　自然のものは人間が手を加え加工しない限りは…そのまま自然に還るようになっている…放射能にだって衰退期があるが途方もなく時間がかかるのだ。人間の一生の単位はたかが百年がせいぜいだろう。ところが放射能の単位は千年や万年で尺度がちがうのだ。ちなみに放射性廃棄物の濃度をウラン鉱石と同じレベルまで低下するに要する時間は10万年だ！　人間の自然の利用の仕方が…生活の仕方が悪いのではないのかと思う。

　最近プラスチックごみ問題をバクテリアの力を借りて解決しようとする試みが始まった。自然にあった物から

プラスチック製品を作り、その処理が自分でできなくて他人の力つまり自然の力を借りようとしている。原発もプラスチックの問題もまるで尻を拭けない赤ん坊が尻を突き出し拭いて下さいと、お願いするそのことに例えられる！

　車社会もその一端のように感じる。どこへでも楽に座って移動できる車…便利な世の中だ。でも、年間少なく見積って5000人くらいは交通事故の犠牲になっている…毎日のことなのでニュースにも麻痺してしまっている。もし仮に紛争地帯に派遣された自衛隊員など一人でも犠牲となったら大問題となるであろうに。

　車の宣伝はあたかもスピードが出るのがかっこよいかのようにコマーシャルを垂れ流す。金を出すメーカーもそうならそういう動画を提案する広告会社と下請けの制作会社もしかりである。もっと足元をみた安全性に重きを置くものをＰＲすべきだと思う。外国と日本とでは道路事情が違うのに！　…昔のＣＭにあったような気がする「狭い日本そんなに急いでどこへ行く」と。でもやっと最近安全性に重きを置いたＣＭが出始めてきたのは嬉しい。今の車のライトやウインカーは国の基準を満たせばそれでよいのだろうが、前も後ろもデザイン重視で小さい、安全性は二の次になっているように思えてならない。設計者は自分で運転して確認しないのだろうか？昆虫や動物のつくりからデザインをもっと学んだらいい

と思う。安全で使い勝手の良い物をデザインするのがデザイナーの仕事ではないのだろうか、単なる見かけだけのデザインであれば誰でもできる。

　さらに気になっているのは交差点の歩行者用信号の取り付け角度だ。見るなら見てみろ〜のような上向きに反り返った態度のように取り付けられた信号も多いように感じる。せっかく設置するのだから工事をする方は自分で対向から確認するぐらいの気遣いは欲しい。子供たちにも見やすくやさしい角度にしてもらったらどんなにか良いのに、といつも思う。

　交差点の車の停止表示線も気になる。あまり歩道に近くに停止線を引くと停車した信号待ちの車は歩行者にとっては威圧感を感じさせるものとなる。ましてや大型車が来ると曲がり切れず信号待ちの車はバックするようなはめになる道路も少なくないように感じる。警察・公安委員会・市町村の規約の問題があるのだと思うが、安全に利用して初めて役立つ線一本なのだから現場に合わせた安全で臨機応変の対応ができないものだろうか。安全に役立ってこその法規ではないのか！　役人の机上論だけでは実践に役立たない場合が多々ある、実際に使ってみて初めて改良点が見つけられるだろう。パソコンでシミュレーションもできる時代なのだから。

　あおり運転も問題になっている。我先に行こうと皆を押しのけて前に出ようとする心理はいずこも同じだ。特

に高速道路では追い抜いた途端急に車線変更し車間距離
もないのに直前に割り込む車が多い、自分がそうされた
ら嫌な思いを持つであろうに。いずれにしても急に近づ
いて来る車が見えたら素早く路肩側によって交わしてあ
げれば済むはず。スピードを出している車は捕まればよ
いのだから！　それを制限速度で自分が走っているので
速度違反をしている車が悪いなどと無神経に前を譲らな
い車もある、前方を妨げられた車は人間の心理からして
益々イライラするはず。

　以前に大型トラックに乗せてもらったことがある。カ
ブトムシとてんとう虫の違いだ、やはり前をチロチロ走
られると邪魔に見える！　見下ろすのと見上げるのとは
かなりの違いがある、見上げる方はさほど気にならない
のだが…これが一つの心理的問題だと思う。バックミ
ラーで早く近づく車が見えた時はさっさと脇に寄って前
方を譲ってあげるなどして〝逃げるが勝ち〟が一番安全
な運転なはず。

　私の交通安全の標語は…「猫と子供と女性には気を付
けろ」だ！　一旦走り出したらどこに行くか見当もつか
ない行動をするからだ。それに最近老人も加えることに
した！　そして車を綺麗にしていると何故か安全運転に
なる効果もある。

　何につけても実践と実際利用して役立つ応用力や適切
で臨機応変な反応が求められると思う。

　私たちは常に、生活に役立ち便利の度合いが大きければ大きいほど、何か問題が起きた時のマイナスの要因が大きいと思っていなくてはならない。あるＴＶ番組のコメントにあった「科学は夢を見させてくれるが　時には厳しい現実を突きつける」と…。

ゴミ投棄とプラスチック

　ゴミはそこここの道路沿いや遊び場に限らず…散乱し続けている！

　調べてみた国連環境計画（出典）によると、2014年の使い捨てプラスチックゴミの発生量は一人当たり日本では約32kgだそうで、排出量の多いのがアメリカ・日本・ＥＵ28ケ国・中国・インドと続く。さらにゴミの海洋排出は中国・インドネシア・フィリピン・ベトナム・スリランカと続き、その主は東シナ海とインド洋に散乱が集中しているという調査であった。

　東南アジアの楽園バリのビーチ近くでは大量のゴミを処理する見通しもなく頭を抱えているらしい…ヤシの木と砂浜の美しい風景は台無しとなっている。

　インドネシアで見つかったクジラの胃の中からはペットボトルやサンダルなど6kgのゴミが見つかったとニュースで見た。

　プラスチックは海中の有害物質を吸着し易い特徴があるという。投棄されたプラスチックは波の破壊力と太陽の紫外線で細かくちぎられ波に漂い、マイクロプラスチックとなってしまう…最近の調査では海に流れ出た

ペットボトルのような様々な粉々に砕かれたプラスチック類の破片を小魚が餌と間違って食べてしまっているという。ひいては食物連鎖でその小魚を大きな魚が食べ、最後に人間がその汚染されたプラスチックを食べた魚を食べることにつながる恐れが直前まで迫っている。それほど海洋汚染は深刻になっている。それは海だけにとどまらない。ある環境ベンチャー企業の代表は、細かく砕けたプラスチックは川の中流や上流からも山の沢からも見つかっていると述べている。加え、ヨーロッパの標高1400ｍの山脈の大気中でもマイクロプラスチックの粉塵が観測されておりジワジワとその被害の大きさが現れ始めてきた！　人間はいつも身近に問題が押し寄せて初めてその事態に気付き慌てるのが通例だ。その時は既に遅い。便利さを求めての過剰なサービスと包装も問題視されている事は周知の通りだ。

　ゴミの分別でリードしているのはスウェーデンで、資源に還元される率が一番らしい。

　一般の企業でも取り組みが始まっている。掃除機で有名なダイソンは経営哲学として Always guesyon〝experts〟を掲げてマイクロプラスチックの削減に取り組んでいるそうだ。

　インドはプラスチックゴミを上手に活用し道路を舗装するのに用いられるアスファルトにする技術を開発したらしい。将来プラスチックゴミは宝の山となり廃棄がな

くなるのではないかと期待されているようだ。

　私たちの住む日本の冬は外国人も驚くほど美しい、高い山にはモンスター樹氷も見られる。ところがその雪の自然の芸術も顕微鏡で調べると、大国のPM2.5などの煤煙の有害物質や砂嵐の微粒の汚れ砂などが付着しているらしい。しかも雪が汚れるだけでなく、木も枯れ始める被害が出ているということだから深刻だ。

　ジワリジワリと真綿で首を絞められるように身近から環境破壊が押し寄せて来ている。

　地球規模で高い山の頂上から、深海までプラスチック類、ビニール製品が散乱し、なぜこんなところにまでと思うような所にまでもある。廃棄物も散乱し回収されないまま放置されている。無知で無神経な一人一人の行為は大きな環境破壊の引き金になっているのだ…！　不法投棄は常習化している、なんというモラルの低さなのだろうか。誰かがやったから自分もやっても構わない…と。

　私はよく海に釣りに行くのだが、ビニール袋や釣り糸のテグス屑でも風に飛ばされないよう気を配る。持ち帰るか集めて焼却するように努力している。ある時釣り場でいつも連れて行ってもらう友人に足元に散らばったゴミを片付けてくれと頼んだ、私が拾うより近かったからであるが彼によるとこれは自分が捨てたゴミではないと言う！　すべてがこの精神を象徴しているように思う。

84

　廃棄物処理の一部の悪徳業者も問題になる。自治体も
目が行き届かないイタチごっこになっている。自分が金
を儲けて飯を食えれば他人の土地であろうとお構いなし
だ。今も行われているかどうか知らないが専用の大型船
で沖まで運んで行って海洋投棄している基準ぎりぎりの
廃棄物もあるという事を聞いた事がある。もしもそれが
糞便だったりしたなら…それを食べていた魚を私たちは
知らずに美味いと食べているかもしれない！

　海にも、川にも、道路の路肩にも、山道にもゴミが散
乱…ご苦労なことに車で運んで粗大ゴミを捨てる！　し
かも丁寧に目の届かないところに！　昔からバカに付け
る薬はないと言った、それは精神障害の方々に言う言葉
ではなく、人間としての心の欠如欠陥を直接に修正する
妙薬はないという意味だと理解する。辞書では愚かで社
会の常識に欠けている人間を指す！　ゴミ問題は人間と
しての良心の欠如そのものなのだ…人の体は持ち合わせ
ても人の心は持ち合わせていないから教育の欠陥に結び
付くのではないのだろうか？　捨てる行為は簡単、拾う
には労力と時間とお金がかかる。

　ついでに、宇宙ゴミにも触れておかねばならない。成
層圏を取り巻く宇宙粉塵だ。今までの宇宙開発での各国
の宇宙船やロケット破片等々人工物が大量に飛び回って
いるということだ。手当たり次第にロケットと衛星を打
ち上げそのまま放置して処理する事は後回しだ。厄介な

宇宙ゴミ同士が衝突しさらに小さく散乱する恐れもある
そうだ！　まるで今、目の前にあるペットボトルのマイ
クロプラスチックゴミ問題と同じではないか。

　いつもの人間のパターンである。ゴミを回収し処理す
る目途が立ってこその開発ではないのだろうか？　綺麗
にする目途も立たないのに見切り発車する…人間の愚か
さからくるものなのか、人間の性なのか？　自分が飛ば
したブーメランが他の人に当たっていても気にしない、
自分の頭に当たってやっと、あぁぁ～自分がバカだった
と気付くのだ…その時はもうすでに遅い！　その前に自
分の頭に塗る薬でも開発するのが先ではないかと思って
しまうのは私だけだろうか。

　大なり小なり、遊びでも生業でも、無神経なそうした
投棄は止めてもらいたい。

　大きな粗大ゴミは特に深刻で処理するのに時間と労力
がかかる。農業で使用するビニールハウス等の大きいゴ
ミも正しく処理されなければ問題だ、処理する金がない
とか忙しくて手が付けられないなどと言い訳するがその
代償は大きいと心すべきだろう。漁家が使用するロープ
や網や養殖施設もそのままにすれば粗大ゴミと化し海を
汚してしまう。余談だが東日本大震災で被害が大きかっ
た地域の特徴に見られるのは、ヘドロが波と相まって破
壊力を増したことだそうだ。湾内に物を捨て海産物を生
産する為のロープに付着した海藻や貝類の処理を捨てる

行為のつけが自分に跳ね返ってきた結果だ。極論だが津波は人間の汚した湾の環境もしっかり掃除してくれたと思うべきだ。日本財団の海と日本の環境美化キャンペーンプロジェクトの取り組みも是非頑張って啓蒙を図ってほしいと願うばかりだ。

　工場の機械やその建物、一般家庭の車や家屋まで、…しかも立ち行かなくなれば身勝手に放り出してしまう！始末が悪い！　思いついたが、復興住宅の取り壊しと解体も、傍から見ていると勿体ないので欲しい人に払い下げなどして活用できないものなのだろうかと傍目で見ていて思う。

　持ち物が多い、建物が大きい事を自慢する！　それはすなわち自分が大きなゴミを持ち費用をかけて処分しなければならない事を意味する。今日のゴミ処理と廃屋の問題に代表されるように！　そのような状況になって悔やむ事にもなりかねない。加えて、昨今の地震や台風といった自然災害によって出る家屋の倒壊や家財の災害ゴミも大きな問題としてこれからも多く生じるはずだ。物事を単純に考えれば持ち物が少なければゴミも多くは出ない！　そのことを自覚し後始末と処理をどうするか考え最後まで責任をもってもらいたいと切に願う。

　便利さの追求が優先され、環境保全は後回しになった。すべからく人がやってきた行為だ。身勝手な生活と商業主義の代償は何と大きいではないか。それでいい

の？　豊かな生活とは…！

　一時期その時代には経済に恩恵をもたらすかもしれないが、後で必ず代償を払う事になるのが目に見えているような気がする。目先の便利さ、利益が優先された結果がこの始末だ——。

　先進国のほとんどの地域で物の使い捨て時代と言われて久しい！　企業の製品開発も自然に優しく還元されるものかどうかを考慮し優先して開発してもらいたいし、厳しい審査基準を設け規制をかけることはもちろんだ。そして発売したものは確実に回収するシステムを取っているのかを確認し販売するシステムを設けてほしいと心から願う。

　日本の人口一人当たりの食品廃棄物発生量は2015年の時点においてアジアでトップという恥ずべき調査がある。その45%は家庭からだといい、廃棄に税金が1兆円もかかっているらしい。せっかく生産者が苦労をして生産した食べ物も食べきれず余分に調理して廃棄する。食べる事が出来ずに餓死する子供たちもいるというのに！　しかも人に限らず食料生産したその土地も痩せてもいく事にもつながっているのだ…。

　加え、その生産性を上げるために肥料も使う。化成肥料は速攻的には良いが害もある、一方で有機物肥料は持続力が長く効き自然に優しいという。どっちにシフトするかは農家次第だが…！

　良いニュースもある。虫の蚕の繭からシルクが出来る、その繭を応用し研究開発している研究者は一見プラスチックに見える型のものを作っても次第にその素材は土に分解できる事を発見したという。このような研究が益々出てくれると嬉しい。レジ袋の有料化と削減、使い捨て容器の軽量化や紙、バイオプラスチックへの応用とスクラブ製品である洗顔料や歯磨きの促進等もさらに期待したいものだ。一時期使い捨てという言葉が流行したが今はリサイクル・リユース時代になってきた…良い傾向だ。

　香川県に燃えるゴミを燃料に変える企業があるという。その取り組みと仕組みは次の通りだ。…通常の燃える生ごみや紙や布やビニールを微生物の付いた土や木くずと混ぜる。そうすると化学反応が起き発酵熱処理が始まり、ある一定期間経過するとビニール類だけ乾いた状態で取り出すことが出来るのだそうだ。それを圧縮し石炭の四分の一の低価格で固形燃料として工場などに売却するシステムなのだそうだ。しかも民間でやっているので自治体のゴミ焼却の税金も使わなくて済むというメリットがあるらしい。自治体も企業いいことずくめなのだ…このような自然のサイクルが益々普及して来ると嬉しい。

　昔の話であるが、私の小さい頃は飲む為の水は井戸水で家から離れた山の沢から木の桶に水を溜め天秤の棒を

肩に担ぎ吊り下げて家に運んで来ていた。そして大きな水瓶にストックして溜め置き少しずつ大切に使用していた。大正生まれのお袋はその貴重な水で毎日炊事をした！　鮮明に覚えているのが朝起きると薪を燃やし竈<ruby>竈<rt>かまど</rt></ruby>に火を入れ大きな鍋で湯を沸かす、その湯を使い炊事の後の食器洗いに用いる。1回目はお湯で汚れ洗いを、2回目は別の水で濯ぎ洗いをした。その洗い水を飼っていた農耕馬の雑飲み水に利用していた。後に水道が通っても、馬が居なくなっても、近年亡くなるまでその水を大切に使用する習慣とエコを実践する生活は変わることがなかった。もしかしたら私たちが水道で流しながら食器を洗っているがその半分ぐらいの水の量があれば十分に足りていたのかもしれないと振り返る。しかも湯で洗えば多少の食器の油汚れも綺麗に落ちて洗剤も不要になる。

　トイレも、昔は厠<ruby>厠<rt>かわや</rt></ruby>と呼ばれていたようだ…語源の通り水の流れる溝の上などに造られたものと思う、古代ローマなどでは水洗がすでに普及していたらしい。現代の水洗トイレの先駆けだ！　日本は主に溜め槽の据え置きの便所だった。私はポットン便所と呼んだ！　拭き取りの新聞紙やガサチリ紙を焼却するように言われて嫌だった思い出もある。便がある程度溜め槽に満ちると家族で人糞を桶で担ぎ麦畑や野菜畑にばら撒くのである。そうした作業を親父とお袋がしていた姿が目に浮かぶ。今は、

ほとんど便はボタンを押すと自動的にどこかに流れてい
く！　下水処理施設は水質も臭いも約60種類の微生物
に専ら依存し水を綺麗にしているという。そうした自然
還元の有難さも知らない。どのようにして処理している
のかなど大人も知らない人が多いと思う。ましてや子供
たちなどは気にもしないはずだ！

　世の中は過剰なインフラ整備に走っているように見え
る、そのお金の少しでも人間形成に使ったらと思ってな
らない。あまりにも薄っぺらな人間が多いように感じる
からだ。本来の心ある人間らしい道徳のある良識ある人
の育成に！　利益が＋なら、不利益は－、環境を汚さ
ず、人間本来の生き方を求めるならまず多少の簡略した
生活が求められると言う結論になるかもしれない。しか
しそれでは経済が回らない…それも承知しつつ！

　若者の果てない力や老人パワーで、皆の力で、暇が
あったら道端にも、山にも川にも海にも至る所に散乱し
ているゴミ拾いでもしたら…どんなにかこの社会は綺麗
に住みやすくなり、ひいては心の健康につながるのでは
ないだろうか。令和元年の後半のニュースでスウェーデ
ンの女子高校生グレタ・トゥーンベリの地球温暖化対策
など環境問題を訴えるデモ活動が世界中の若者を立ち上
がらせ始めた。素晴らしい事だと思う。環境も政治もこ
れからの時代を担う若者が何か変えてくれるような気が
する。

　今、生きている世代は便利かもしれないが、ゴミ屋敷と化した地球を後の世代はどうすればいいのか…人間は進化したのだろうか？　退化したのだろうか？

　人間は他の動物より少しだけ大きい脳を持ったゆえの不幸なのだろうか…。

　宮沢賢治の童話に『銀河鉄道の夜』がある…あのメルヘンチックな列車の窓から外にゴミを放り投げている人物が見えるとしたら誰しもが悲しくなってしまうだろう！　列車にはいろいろな人生と思い出の詰まった人々が乗っているが、遠くから見れば単なる列車にしか見ない…！

　この地球も同じように一人一人の様々な人生と思いが詰まった人々を乗せて旅をしている。争いも、環境も、人の心も汚してはならないだろう。

　地球にもし意思があったら怒り心頭なはずだ！！

マスメディアとコンピュータ時代

　今まで先進国を強くしてきた政策の中に金融覇権と軍事覇権とインターネット覇権の三点があげられるという。

　情報は瞬く間に世界を駆け巡る…悪く言うならそれはあたかも悪性の一種の伝染病のごとく、そして何か悪魔に捕りつかれたように拡散する。

　人々は流行病のようにコンピュータゲーム・サバイバルゲームに現（うつつ）を抜かし、それを楽しむ…。

　善し悪しの判断も出来なくなるほど垂れ流しと、押し寄せる戦いと人殺しの映像！

　心の麻痺した若者は当たり前のように感化されそれを真似る。一時若者の武装集団が社会問題となった。それはネット社会の典型的な功罪とも言うべきものかもしれないと思う。核家族化によって生身の肉親の生死を身近に見ていない若者が生命の尊さを軽んじ、あたかも生身の生きた人間を「物」か「ロボット」のように見立てる…。

　私は、将来を担うこうした貴重な若者がコミュニケーション能力の低下と、人の心を思いやれない我儘（わがまま）な人間

に成長してしまうのではないかと危惧している。事実専門家はパソコンやスマートフォンに依存すると自分で考える力が無くなるので、子供たちには人間同士の生身の経験をさせてあげる事が大切だと指摘している。

　パソコンやスマホは挙句の果てにはゲーム障害という現代病さえ生んでしまった。

　さらに、スマートフォンでのイヤホンから聞く音楽の大音量は難聴になると世界保健機関が警告している、その犠牲者は世界の若者の半数らしい、しかもそれは老人性難聴にも結び付くと言うから怖い。スマホとインターネットを先駆けて開発したスティーブ・ジョブズは「人々が音楽や映像や写真などを感じ自分をより豊かに表現することを手伝いたい」と述べ人間の可能性を無限に広げるものだとした…現実はその理想通りにはいっていない。

　この現象は、ネット社会、メディア社会の側にも責任があるのではないかと私は感じている。便利さの裏には弊害もある、その裏の部分を後回しにして見切り発車のごとく商売にひた走ってしまう。

　電波媒体も紙媒体も今、同じような情報を扱う、テレビ番組のニュースは同じ時間帯どこのチャンネルを回しても皆同じ内容のものしか流れない。キー局の娯楽番組などは他局のヒットした内容に番組制作が似せてくる。食べ物番組は当たりはずれがないと言われる、しかし紛

らわしく時にはうっとうしくなる！

　告知番宣の内容も気になる。人を殺めるようなドラマ
や映画を告知する画を平気で流す。それは心に障害を
持っている人や幼い子供たちにはかなりのストレスに
なっているはずだし頭の片隅に残っていて真似る人間も
出てくる。流す時間帯をＡや特Ｂタイムを除きＢやＣタ
イムとするとか、ゴールデンタイムは編集し直して柔ら
かい内容の告知を流すとか、そのような配慮はできない
ものかといつもそう思っている。

　ＡＩを活用したパーソナル化という個人の好みに合わ
せた映像サービスも日進月歩で普及してくるだろう。そ
れにもモラルは必要だ。ある放送作家は「映像を自分な
りに検証することは義務かもしれない…うのみにしない
ことだ」と言った。

　地方局は特にもっと地元を掘り下げる違った切り口は
ないのだろうか、地方の埋もれた文化をもっともっと掘
り下げればいくらでも良い番組が作れると思うのだが
…。特に系列多局化で増えた地方局はスポンサーの丼ぶ
りの中の取り合いで収入は厳しくなる一方だと思う。特
徴を出さないと生き残れなくなる。

　民間放送に限らず、公共の局も、いま流行のデザイン
とデジタルに走るのもよいが、もう少しモラルを持って
どっしりとした画に見えるようなものを制作してはどう
かと思う時もしばしばある。教育放送の児童向けのキャ

ラクターなどは、よかろう主義の大人からの目線で子供
に優しい物とは程遠いように見えるものもある。民放と
変わらないような番宣を流すのも気になり画に重みが無
くなった。視聴率がものを言うとは言え、モラルは大切
ではないか！

　地上波テレビの収入源の広告費がネットに抜かれてし
まうのも時間の問題だとしている。都市部でのテレビ離
れが顕著で田舎になるほどバックミュージック的感覚で
寂しさまぎれにテレビを見ずとも電源を入れている現状
かもしれない。スマートフォンと文字が融合した今日、
特に危機感をもって旧態依然のぬるま湯に浸った状態か
ら一皮むける事を期待したいと願うのは私だけではない
ような気がするが。

　以前に私の撮影した動画が無断で○○Ｓに使われた事
があり抗議するとしばらくなしのつぶてであった。キー
局はこんなにも大柄でよいのかと疑問を持ってしまっ
た。一方、○○東京は私が貸したＶＴＲ動画を参考にし
て独自の視点で撮影し直して放映していた、こういう姿
勢がほしいものだ！　ちなみにその局はいつも独自の視
点での番組を作っているので感心させられる。

　クライアント、広告代理店、下受け制作会社すべてが
絡みＣＭの内容も自己満足的でどうも眉を顰めるような
ものも少なくないように見えてしまうのは私だけだろう
か。たかが15秒なり30秒だが「されど」になるように

業界全体が底上げしていかなければならないのではない
だろうか？

　何十年か前の記憶だが、誰かが言った！　ＴＶは薄知
化を生むと…！　極端な発言ではあるがまんざらでもな
いような気がする。今はＴＶか？　ゲーム機か？　スマ
ホなのだろうか？

　他方、商業主義は巧みに日本になかった行事さえも利
用して人々の心を取り込んでしまう。クリスマスもハロ
ウィンも昔はあまりなかった！　平成も終わろうとして
いたハロウィンでの出来事であるが東京のスクランブル
交差点で若者がバカ騒ぎをして車をひっくり返して逮捕
されたというニュースが流された。その時にあるＴＶ局
は字幕スーパーで「心が貧しい」と表現した！　あっぱ
れである。そうした叱責ともとれる表現は嬉しかった。

　時代劇で水戸黄門と言う長寿番組がある。何度となく
繰り返し放送されているのにいまだに根強い人気があ
る。なぜか、それはドラマの最後で必ず悪を退治するか
らだと思う。政治に志す者にそのような方は出現しない
のだろうか、口先だけではどうにもならない。そしてメ
ディアはそういう役割をもっと果たしてもいいのではな
いかと期待せざるをえない。

　年末と言えば、クリスマスに主な全国のラジオ局が
「目の不自由な方に音の出る信号機を」のキャッチフ
レーズに24時間募金を集めるラジオ・チャリティ・

ミュージクソンという催しがある。なんと40年以上続く毎年のイベントではあるが岩手のラジオ局は大都市の局に次いで募金額が多いのだという。嬉しいかぎりではないか…県民性の表れかもしれない！　別のテレビ局も同様毎年夏に福祉機器を送る24時間チャリティーを行っている！　賛否両論はあるだろうが少なくてもそのような互いに助け合う心を育てる役割は大切にしたいものだ。しかし、そんなことをしなければならない世の中も情けないと言えば情けない。

　平成30年もラストの、恒例の年末の歌番組も、そして令和の番組も見た。一言で言えば退廃的な雰囲気…歌もダンスも！　時代の流れとは言え…どうなのだろう、何か先の見えない世の中の喘ぎなのだろうか？

　歌は、一時代から歌の詞の発音よりも詞を音として発音することを重視したものに変わってきたのだと何かで聞いた。それは世界で流行したスキ焼きソングで知られる「♪上を向いて歩こう」からだそうだ。歌手の鼻に抜けるその歌い方に作詞家は意義を唱えたとも伝えられているという。が、それが発端となりサザンに代表されるような音重視の歌い方に影響を与えたのだという！　歩いていても、乗り物で移動していても耳にイヤホンをはめ込み歩く姿は何か違和感をもつ！　昔の学生時代の話であるが、私がチャイコフスキーをレコードで聞いていたら先輩が部屋に入って来てその曲を聴きながら言っ

た。お前は「白鳥の湖」を知っているか？　あれはいい曲だ…と。先輩は曲の名は知っていてもメロディーは知らなかったのだ！　恥ずかしいではないか。

　音楽の発祥は神を賛美する事から始まったらしい。いかにも教会で讃美歌が歌われている。それは様々な歌と楽器の発達とともに世界の音楽の基礎ともなり、時代と共に様々なジャンルに変化し今日の音楽となってきたとされる。

　古代ローマ時代ラッパが登場した。それは音が高いだけに時刻を知らせる役割と軍隊の出発の合図に利用された。

　その流れを受け、後の時代に入って戦争の高揚歌としても音楽は利用されたことは周知の事実だ。

　チャイコフスキー楽団の偉大な指揮者は、世界大戦中の昔を振り返り…「食べ物が尽き飢えに苦しんでいた時に唯一の糧は、壊れたラジオから途切れ途切れに流れてくるクラシックの音楽を聴くことであった」と述べた。

　音楽には人を癒す力もあり、悪用されると人を操る武器にもつながるという二面性がある。

　思想・イデオロギーを伝える道具として歌や音楽が一番手っ取り早い方法なのだ！　このことを常に頭の片隅に置いて音楽を楽しんだ方がよさそうだ。

　今の若者はイヤホンを耳にしてチャカチャカリズムを刻む音に親しんでいるが優雅なクラシックはあまり耳を

傾けていないように感じる！　音楽には短調と長調があ
る。短調は哀愁を帯びた暗いイメージを表現するし長調
は明るく活動的イメージを表現するのに用いられてい
る。それは私たちが日常伝える言葉の表現と同じように
複雑な意思を伝える事とも似ているのだ。若者にクラ
シックや民謡などにもっと触れさせ人間の幅とゆとりと
情緒をもっと養わせ、芸術・友情・精神面で成長するよ
うな感性を培わせてあげるのも大人の役割かもしれな
い。

　昔は、各新聞社の取材は足しげくしつこく通い、独自
の視点で問題点を深掘りし連載して読者の共感を引き出
していた。多少嫌がられながら書くそんな気骨のある記
者が多かったように思う。しかし今はどうか、恐れられ
た昔の鬼の社会部も仏になってしまった。記事のほとん
どが足で稼ぐ事を怠り電話取材・通信社からの配信記
事！　各社紙面はどれを見ても同じ内容のあたりさわり
の無いドングリの背比べである。その一因は４年５年も
すればすぐ転勤で地元に精通した記者が居なくなってし
まうのもあると思う。

　皮肉にも誰かが言った。地元紙を購読するのは慶弔欄
を見るためだ…と。

　広告面も昔は文化的要素を盛り込んでいたものが多
かったように振り返る。が昨今、なりふり構わず儲けれ
ばそれでよし的発想に見えてしまう紙面のデザインの貧

弱さが多いことには驚かされる。ペイドパブリシティだと割り切って見れば、タブロイド紙のペイドの方がよほど面白い！　電波とネット媒体に押され宅配紙媒体は下降傾向が止まらない。ＴＶやスマホには無い特徴があるのだからもっと頑張ってほしい。

　出版業界も同様に下降傾向が止まらない。だからこそ、一時週刊誌でスクープする○○砲なる雑誌の記事が出て取材される側を慌てさせたことがあった。痛快である！　そこまででなくとも、もう少し紙媒体としての得意のツッコミが大切だと思ってしまう。紙で見る事と電子書籍のように画面で見る事は質感が違うと思う。ゆえに本に親しむような雰囲気づくりを出版業界は殻に閉じこもっていないで力を合わせてキャンペーン活動をしてみてはどうだろうか。書籍のＰＲに新聞を利用するのもよいがスペース４段二分の一ぐらいでデザインを余程工夫しないと広告効果が無いのが現実かもしれない。地方都市の盛岡には書店の店員がＴＶに出演し、書店ならではの視点でお勧めの一冊を紹介する活動もしていて面白く見ている。また地方局のアナウンサーや若者ボランティアが出前で幼稚園児などに本の読み聞かせの活動もして、本の楽しさを伝える活動をしているのも心強い。視覚に訴える活動を業界が足で出向いて稼ぐ工夫を是非とも望みたいものだ。出版業界を挙げて学校の課外授業などを企画しても面白いと思うのだが…。全国の中には

移動図書館なるものの活動をしている所もあるようだ、年配の方が暇つぶしに本に親しむ事は良い事だと思うし、読んでいる姿を子供たちに見せるだけでもその効果は絶大だと感じる。パソコンやスマホは考える事をしない一方で、本は考える力を生むのだそうだ。だからファミコンやゲームに興じる子供たちの関心を本に向けるような活動がもっと出てくると嬉しい。図書館の司書の方々も待ちの姿勢ではなく出かけて行って本に親しんでもらう活動を誇りをもって、もっとしてもよいと思うのだが。本は脳の思考力を活性化する役割もあるらしい、人としての人をつくり人間形成には欠かせない知識の宝なのだから！　そしてそれは国の宝を造ることにつながる。

　私の話だが、この老人から見た世の中の本を幾つかの出版会社に提案したら、のっけから自費出版の資料が送りつけられてきた。人間としてのあるべき基本の姿、現代社会の抱えている諸問題等の基本の基を扱っているのに見向きもしない儲け主義の変な風潮となっていないだろうか。芸能界のゴシップなどのどうでもよいと言えば失礼だが、ヒラヒラと揺れる枝葉のどうでもよいものに視線が向けられ幹を見ない傾向にあるように感じる。売れて儲ければそれでよいと言うものではないだろう。紙媒体としての使命感と気骨はないのだろうか？　憂いてしまう。

　紙面も、テレビも、ネットも社会的責任として人間と
してあるべき姿、自然への敬愛そうした人間形成の方角
に向くような内容のものが少なすぎる。しかもなぜ疎か
に押しやられてしまっているのか、多くはそんなものか
と、眉を顰めつつも声を上げない。変な世の中ではない
か！　業界はガリバー化しすぎ、旧態依然に胡坐をかい
て衰退が止まらない。しんがりの方が小回り的で視聴者
や読者の目線に立ち見た目も綺麗で斬新的な情報を発信
していて気持ち良く見えるのは私だけだろうか。

　情報が、映像が溢れる…顔の見えない犯罪を生む、な
んとも惨めな便利さの代償ではないだろうか。

　一日中画面に向かうゲーム障害という病気さえ生んで
しまった。その多くは若者で主に判断が十分できない小
学生・中学生が犠牲になっているとの事だ。一番知識を
入れ人間性を培い成長させなければならない大切な時期
に…商業社会と情報戦略の渦に巻き込まれて…！　自分
を見失うようなそんな時間を少しでも親も子も気付いて
知識を積み上げるように、今住んでいる環境が良くなる
ような活動に時間を振り向けてくれるような雰囲気を情
報の送り手側がもっと醸し出してくれたら…どんなによ
いだろう。

　インターネットは瞬く間に世界を縦横無尽に飛び回る
…便利に世界と瞬時に情報交換できてしまう。一方で、
顔が見えないだけに多くの悪質な犯罪も生んでいる。子

供たちには陰湿ないじめも生じている。

　スマホから遠隔操作できる家電もサイバー攻撃で悪用されてしまう時代に入った。専門家によると今の情報の安全性は危機的状態あると言っている！　現在のコンピュータはビットが増えても情報を一度に一つだけしか引き出せないので今の素数分解の原理ではすぐに解読されてしまう可能性が極めて高いというのだ。余談ながらマイナンバーの情報管理は大丈夫なのだろうか、とふと思った。

　それで今、早急に情報のビットを一度に４つ引き出せる量子コンピュータの開発が急がれているとしている。

　ＳＮＳ（ソーシャル・ネットワーク・サービス）もお互いの交友関係を構築するＷｅｂサービスを悪用し、時として怪情報や偽情報を流す。知らない者はそうした情報を鵜呑みにしてしまう。

　専門家によるとインターネットは脳に良くないと言う。特に心の病を持っている人は悪影響を受けやすいのだそうだ。「インターネットには嵐が蔓延している」と述べている！

　ネットワークは国家同士・相手同士の情報攪乱と機密情報を盗もうと躍起になる。サイバー攻撃などということも出てくる。作用と反作用の原理で便利なほどそのダメージは大きくなる。

　ＡＩなるものの名前を聞いた。いま軍事利用にＡＩが

期待されているのだそうだ。何だろうと調べてみたらデジタル大辞泉によるとコンピュータで記憶・推論・判断・学習など人間の知的機能を代行できるモデル化されたもの Artificial Intelligence（人工知能）の事だと記されていた。入力するデータをどれ程入れるかでそのＡＩ能力は違ってくるのだそうだ。様々な問題解決をディープラーニングつまり深層学習でコンピュータに行わせる技術だ。それも興味深いことに人間の脳のニューロンの電気信号を模し参考にしているらしい…やはり人間は素晴らしく精巧に設計されている証でもあるのだ。

　将来人間にとって代わって自動で車の運転や、老人の介護や健康管理、農業などの分野では生育の管理などと様々な分野に活用が期待され研究されるという。例えば果物の甘・塩・渋・旨・酸味などの判定はＡＩの技術で人間よりはるかに正確に判断できるようにまでなってきたという。そのように身近に日進月歩であらゆる分野に活用されていくことになるのは時間の問題と言えるだろう。

　これからの時代はＡＩ人工知能のハイテクを覇権した者が台頭し世界のリーダーとなっていくのだそうだ。そして軍事産業は益々巧妙化し離れたところから操るゲームのような戦いをイメージしているらしい。ＳＦ映画が軍事産業では現実となりロボットなどが前面で戦い、離れた場所でコンピュータゲームのように操作される時代

がそこまで来ている。恐ろしい時代になった。

　国際人工知能会議なるものも発足しており早くその
ルール作りが望まれる。

　理論物理学者スティーヴン・ホーキング博士は、ＡＩ
は人間を超えるとして「人類はかつてない程に危険な時
期を迎えている。自律型兵器自身が人間を超え最悪で人
類の終焉をも意味する」と警告し倫理的な面や故障や異
常が生じた場合は人間に反乱する恐れを指摘して憂い
た。ある専門家はギリシャ神話の神々によって作られた
人類の災いとして地上に送り込まれた「パンドラの箱」
に例えて何か悪いことが起こらなければよいが、と言っ
た言葉が気にかかる。

　アイデアや技術は良い方に利用されればよいが、必ず
悪い方に必ず利用される話になっていく！！

　便利であれば便利なほど負荷の反動は大きいと心して
おかねばならない。不便も便利の一つではないのだろう
か！

知識の蓄積とモラル

いつの時代も、教育の必要性が叫ばれている。なぜ人には教育が必要なのだろう？

それは得た知識が多いほど物事の善悪や良し悪しの価値を総合的に判断する材料が増し、人としてあるべき方向に物事と価値に対して正しく行動することが出来るようになるからではないのかと思う！

ロボットでもコンピュータでも情報が多く入っていればいるほど正解率と正確な方向率の向上につながる。最近の気象予報にはスーパーコンピュータが用いられて、今までの蓄積してきた膨大なデータと最新の衛星のデータと合わせ、昔より総合的に予報をより正確に細かく出来るようになって来たという良い例だろう。

今、ＡＩなるものの研究が日進月歩で急速に普及して来る、人口知能はもしかしたら知識量の点では人間をはるかに上回ることは確実となるだろう、しかしロボット又はＡＩと人間と明らかな違いは「遺伝的感性・育った環境・一生涯の学習量のデータ」ではないだろうか。それは人間の脳のつくりのすばらしさを物語っていると言えると思う。人間は道徳や価値判断が出来るから個性あ

る一人一人違う人間として成立していく。多様な芸術を生む感性も備わっている。計算が幾らでも出来て情報量を優秀にするくらいならロボットにでも出来る。

　自然はなぜロボットのような画一的な人間を造らなかったのだろうかと考えてみた時に、違った感性と個性で互いに助け合うためではないかと私なりに考えた。

　それにしても、偏った人間形成がなされているように感じてならない。

　生活に追われ人並みの生活にたどり着こうと親は共稼ぎ、子供は家で一人ぼっちのゲーム三昧、もしくは塾と習い事の掛け持ちで友達と遊びながらコミュニケーションをとることも知らない。こうした子供が大人になったらどのようになるか目に見えるようだ…独りよがりで自己主張ばかり・利己的で相手に対しての思いやりの出来ない大人だ！　片田舎の野山を駆け巡り大家族で自然の厳しさと生きる知恵を学んだ子供の方がよほど人間的には優れているように思えてならない…。

　人生は積み木のようだとよく言う。今の子供は家も家財も全部そろった所に生まれてくる。だから不自由と苦労を知らないで育つのも一つの問題点かもしれない。無い者の僻みかもしれないが、私が家を建てた時は貯金が三千円しか無かった。カーテンは以前のアパートからのもので窓の半分いかなく床まで届かなかった。家具家財はほとんどが貰い物で過ごした…今は良い思い出となっ

ている。苦節を見せるのも一つの教育ではないのだろうか！

　若い時は積み木を少しずつ積み上げ、人生の程よい所で老いてきたらその積み木を少しずつ減らして簡素にすればよいのではないかと思う。

　さて、人として正しい事か間違っている事か、一言で要約すればどのような内容と結論か。長い時間を凝縮してみた時にどんな結果になるか。利己主義か利他主義かそのようにして簡略して見てみた時に…すぐ判断はつくはずだ。

　動物園の動物はぞろぞろと列をなして見に来る人間を檻の中からどのように見ているのだろうか？　もしかしたら客観的に人間を観察し、見に来る人間が滑稽に見えているかもしれないと考えると面白くなる。こっちら側から見たのと、そっちから側から見たのでは見え方が全く異なるのだから！

　旧人類は30〜50万年前に、狩りをする弓と矢を手にした。そしてさらに楽な飛び道具を開発して来た、それがもはや相手を威嚇し安々と殺戮する兵器に変貌を遂げた。銃も兵器もあれば使いたくなるが無ければ使いたくても使えない至極当然の話だ。世界中で銃の乱射事件も止まらない、だからそんな殺傷物は持たない方がよい。さらに兵器削減条約もあるが一向に改善の兆しも見えない！　アメリカの科学雑誌が核戦争の危機を訴えて

1947年以降毎年掲載し続けている、人類破滅までの時間の象徴的表現の世界終末時計なるものがあるという。平成31年でわずか「終末時計2分前」の危機的状況とのことだ。こんな事を見ただけでも人類ほど下等な動物はいないのではないかとつくづく思う。動物のほとんどは腹を満たすために食物連鎖の行動をとる。が腹が満ちれば他の動物が近づこうが無関心だ！　しかし人間は飽くなき欲望で腹が満ちても食い続ける、無くなれば他の人の物でも奪いに行く。知恵と知識が他の動物より備わっているゆえの悲しさか？　子供たちに「他人には手を挙げてはいけません～」と教えている傍らで銃を磨いているではないか！　また○○団の〆を生業としている人々もいる。日本の終戦は1945年だ、その直前まで大型爆撃機B29を竹やりでやっつける訓練が行われていたらしい。笑い話のように…。

　原始人も弓と矢の飛び道具を持っていた。現代人は銃やロケットと飛び道具を持っている…何も変わっていないではないか！　進歩・進化のかけらもみられない。

　富を求め商業業主義を拡大し、それを守るために戦争を始める…歴史はその繰り返しである。米国もロシアも、ともに科学史上主義を掲げ兵器と核の開発に邁進し、核保有国は増加している。近年は中国がそれに加わりインドやパキスタンも加わってしまい、すべて宗教が絡み、どうもきな臭い。中東も東シナ海も、利権と自己

主張の応酬と塊で譲り合いの精神もない。多くの国は兵器開発に明け暮れボタン一つで破滅してしまう！

　人類の初めは弓の性能を競っていた。今日は互いに花火を見せ合いその大きさと数を競い合う。民に飯を食わせないで花火に興じ高く飛んだと悦んでいる国もある。より早く、より高くだ！　オリンピック憲章でもあるまいし。

　さらに、人間はジェノサイド（集団虐殺）にも走ってしまう習性も持つ。大戦中のドイツなどはその典型だ…戦争も殺人も終わりなく続く…！　自分勝手に横暴に振る舞い国際秩序も守らない国々の多い事。

　地球の196ヶ国（2016年現在）を、自分が住んでいる簡素な町内会の共に住む隣近所の世帯に例えてみていただきたい。銃火器を所有している住民を受け入れたいと思うだろうか。自分の敷地にロケット砲を備える住民を受け入れるか、やたら自分の意見だけ通そうとする住民をどう思うだろうか、自分の敷地や公共で使っている通路を自分の物と主張するような住民をどう思うだろうか？　相手が小さい石を持ったからこっちは少しだけ大きい投石を準備しようとエスカレートも止まらない。歴史から学べという言葉があるが何も学んでいないのではないのか!!

　動物は自然に対して適応し生き延びる能力にたけている。動物の子育ては生まれたての子供には愛情を注ぐが

ある程度大きくなると一人立ちさせる。一方人間は、動物より少し脳ミソがあるというだけで自然への適応、生きる能力は極めて乏しい。それで幼児期から青年期位まで野生の動物よりはるかに長い時間をかけて生きる術を教え続けなければならない。そのような面からすると、人間は動物の中で一番下等動物に近いのではないだろうか？　そうさえ思えてくる。学ぶとは頭だけで理解することではなく、行動で表すことではないのか…!!

　近代哲学者であり欲望の哲学史を出版した彼は言う、「資本主義と自由民主主義に科学史上主義は欲望の時代へと突入し深い危機に直面しており、宗教モラルと政治モラルが世界を対立させ多様性と無関心で冷淡な何でもありの相対主義化を促している、倫理がなければ権力は社会を損ない無制限に暴走する、今こそ知と科学で全体を見渡す神の視点を備えれば全く新しい思考が生まれるはずで、正しいモラルは相手の立場に立って初めて解るものである」…と。すべからく紛争と争いの元は宗教・政治がらみだった。宗教の側面は【支配者が人々を服従させることを促進し・戦争を正当化】する事だそうだ。

　私の幼い頃は親に「悪いことをすると神様が見ているぞ〜」と脅かされた！

　今はどうか？　…神を信じているという人ほど恐ろしいものはない時代だ。『互いに憎しみ・相争う・殺し合い』ではないか。宗教への妄信的は人を兵器へと変貌さ

セカルト集団と化してしまう恐ろしさもある。

　日本には神社や寺など様々だ、そして身近な八百万の神などの地方行事もある。その方がほどほどで平和で穏やかでいいのかもしれない。

　倫理の土台がなければ政治も宗教も意味を成さないのだ…。本来の宗教の役割は人間としてあるべき本来の生き方、姿をいつも問い返し謙虚であるようにその歩みを指し示す事だと何かで見た。

　それは不安をやわらげる機能があり、悲惨な事が起きた時に心を癒す効果もあるからだ！！

　世界中の信奉者がモラルをもって行動していたらどんなにかこの世の中は良くなっていただろう。都合の良い時だけ宗教者ぶりを鼻にかける、恥ずかしくないか自分に問うてみたらどうだろう！　歴史がどうとか国がどうとか親がどうとか様々な理由があるだろう。しかし中心は人間としてではないのか！　自分は人間として他の人から見た時に少なからず恥ずかしくない生き方・人の迷惑とならないで、多少人のお役に立てるような生き方をしているかどうか、それが結論ではないのかと…。

　人の中にどんな情報がどれ位多く入っているかでその人の行動が決定される。研究者や学者の方々は我々凡人より少しのある特定の知識と情報量が多いだけの話で、その半面では思い込みと偏りに走りがちな事に注意しなければならない。だからこそ基本は何なのか正しく判断

する能力を高める教育は絶対大切なのだ。一人一人が問われる課題でありそれを克服していかなければならない、それには世の中の風潮を動かさねばならない。アクティブ・ラーニングと言う言葉がある。それは自分で考え問題を解決する学習法なのだそうなのだがその点も不足しているのかもしれない。

　しかし現実的には、人々は自分の意見を反映させる事には極めて無関心でもあるのだ。

　映画監督のマイケル・ムーアは言う「国民が投票によって政治を支配しないと、政治が国民を支配する」と。政治に無関心は悲劇を生むと警告している！

　自分の意志を反映しないと言う事は、とどのつまり自分で自分の首を絞める事と同じことだ。あとで世の中が悪い政治が悪いと文句を言っても泣きっ面にハチという羽目になってしまう。

　日本人は忍耐強いのか外国ならもうデモをするような問題が表沙汰になってもじっと我慢する。昔で言えば百姓一揆になっているようなことに関しても。その我慢したフラストレーションを政治の関心にぶつけてみたらと思う。目先に捕らわれずしがらみ無しで…そうしたら少しは世の中が変わるかもしれない。

　世の中は大きく動いている！　だから一人一人の意見を集約し大きくしなければ太刀打ちできない。微力ながら淡い期待を込めて互いの幸福に貢献する為の一つの手

114

段とし選挙を活用しなければならないのが現実だ。争点は自分に都合のいい枝葉は二の次にし、皆にとって都合のいい皆を利する幹の部分の論点を見極めなければならない…大局的な観点と本論で！ ついつい身近な餌に騙されて食らいついてしまい後で後悔する。だから疑似餌かどうか見極める普段からの観察力を養っておく必要もある。サラリーマン川柳というものがある、あの秘訣だと思う…よく観察し一言にまとめる！ 政治に携わる者は時として美辞麗句を並べ二枚舌と詭弁を使うが時間の経過と共に言う事と行動にボロが出るのだからそれを見逃さないことだ。我々一人一人が心して投票率を上げねばならない。私も以前は仕事の忙しさにかこつけてほとんど行かなかった。それで同じような理由が投票の低さにつながっているのかもしれない。とりわけて危惧されているのは若い世代の投票率の低さだという。これも何とかしなければならない問題だ。

　官僚による公文書改ざん、忖度や癒着などの問題もこうした国民の政治への緩みの一角から生じたものかもしれない。多額の血税がちょろまかされたのではもうこっちがたまらない！

　ある政治家が私は総理に忖度しました、と発言して問題になり辞任したことがあった。私はむしろその方が正直で可愛いと思い笑ってしまった。

　世界中どこもかしこも屁理屈と理不尽がまかりとお

り、正直が通じないような世の中の風潮。正直者が馬鹿を見る時代・弱者が馬鹿を見る時代は変えなければならない！　テレビ時代劇ドラマに登場するような水戸黄門と大岡越前のような「曲がった事が嫌いで正義感」を持った人間はなぜ登場しないのだろうか。

　ウルグアイの第40代大統領ホセ・ムヒカは世界で最も貧しい大統領と評された。彼は報酬の大部分を社会福祉基金に寄付し質素な暮らしを実践しその生きざまで手本を示し「金持ちは政治家になってはいけない、お金の好きな人たちはビジネスや商売のために身を捧げ富を増やそうとする、しかし政治とはすべての人に幸福をもたらす闘いなのです」と述べた。だから彼の言葉には説得力と重みがあり世界から称賛された。政治家はかくあるべきではないのだろうか！

　さて、税金と言えば国の借金は年々増え続け、年間の予算の９倍に膨れあがってしまったと言うことだ。国会運営には１日あたり３億も必要だと聞いた！　想像もつかない金額だ。我々庶民は宝くじなど買って夢を見ているのに！　笑い話になるが、今日も国民の皆さんの税金を３億も使うので真摯に真剣にお互いに要点を突き議論をしましょう…などと幼稚園児並みに斉唱するなどすれば、議員さんたちはもっと真剣に諸問題も国家予算も議論するのではないだろうかと思ってしまう。消費税値上げは社会保険料が足りないからだとか年金がどうだとか

主張するがそれは役所のトリックであり、惑わされているのではないのかという学者もいる。国の省庁の縦割りと利権にも問題があると思う。時には役所に情報操作されている場合も考えられるので精査しないで垂れ流すマスコミ報道もすべてを鵜呑みにしてはいけないし広く情報を集める努力も求められる。

　財布は一つなのだから縦割りではなく全体をみて出来るだけ単純に誰にでもわかりやすいように表現すれば増税すべきか減税すべきかすぐ判断が付くのではないのだろうか。どさくさに紛れて一部分のみの議論と数字のマジックに惑わされてはならない。だから広い総合的な判断材料を私たちは培っておかねばならない。

　財源は一般家庭であれば収入に見合った支出の家計計画を立てるはず、ましてや家計が赤字であればどこかを切り詰める事から始めるだろう。しかし公共事業も切り詰める事をしないで増やす一方では破綻するのもあたりまえではないか。一般家庭ではいつも真っ先にやり玉に挙げられるのは父ちゃんの小遣いからが常ではある。健康保険や災害保険も掛けておかねばならないことも当然だ、なぜ単純に物事を見ないのだろうか。

　この災害大国において税金の無駄遣いを減らし災害に備えてお金ストックもするべきではないのか。しかし国は切り詰める事はせず収入を増やすために税金を増やし、借金を重ねる…それを決めるのは家計を担っている

母ちゃんの顔色を見ながらお小遣いを貰っている議員さんと役人さんたちだ…皮肉にも家計簿もいじった事もない。ああ言えばこう言う屁理屈だけは達者で逃げ道を常に考えておくことだけには長けている。知識や学識をそんな事に使ってもらいたくない！　公文書の公表も黒塗りの場合が多い、誰が主体なのだろうかと疑問に持つ、よく役人は国がどうのこうのと言う言葉を使う…しかし国として政治家にそして役人にその権利・権限を一時的に託しているのは国民一人一人であり、選挙に落選や退職すればただの人で誰も見向きもしない。それは会社勤めの役職を持つお父さん方にも当てはまり退職した後にこれまで役職の地位で仕事をして来た自分との違い、今までチヤホヤされて来た自分との落差に思い知らされると同様であるはずだ。あたかも自分が権力者であるかのように錯覚し振る舞う、多くの政治家や役人のその思い違いも甚だしい。主体は役人でも政治家でもなく我々国民なのだ！　一人一人の意思と力を一時預かる事を片時も忘れてはならないと私は思う。ましてや公僕としての資質に限らず給料も税金から支払われているのだ。会社は社長が良いか、その取り巻きが良いがそのどちらかで業績が伸びる。一国も同様だ。

　地方に目を移すと、市町村の建物はどこに行っても立派な建物が多いことに驚かされる。2040年までには全国の自治体の半数が消滅するだろうという試算がある。

118

はたして費用対効果と将来の少子高齢化社会の人口規模に合ったものなのだろうかと傍目でみていてそう思う。ともするとデザイン重視で無駄なスペースが多く使い勝手の悪い画一的建築物が多いように感じる。そして、そろそろ箱物からの脱却を考えた方が良いのではないだろうか…後々の為に。すべては税金で賄われるのだから。どこか忘れたが廃校を活用し役所とした町があった。さらに一自治体に限らず近隣の自治体と施設を共有するぐらいの大胆な発想の転換があってもいいのではないだろうか？　効率化を図り住民の懐に負担を掛けない政策…これからはそのようなことが必要な時代になるのではと思う。

　私は団塊世代なので社会に出た時の通信手段はダイヤル式の固定黒電話だった。そして出先での呼び出しはポケットベルになった。その後すぐ大きなアンテナを引き出して使う携帯電話が登場し、つかの間でパソコンが登場した。アップルに入っているソフトなどは少しの間だったが制作会社などの専門職が用いるもので我々素人が使用するものでなかった。そしてまたたく間に持ち運びしやすいパソコンと携帯電話をミックスしたスマートフォンが登場した。あっという間に1人1台が当たり前になってしまった。時代の激変は凄まじい…！

　映像と文字が融合したスマートフォンが流行しだすやいなや子供から大人まで、乗り物の中といえ食事しなが

らとは言え人の顔を見ないで四六時中画面と向かい合っている。スマホは子供が長時間使用すると学習能力低下につながり、大人でも脳の疲労・記憶力低下・意欲低下・早くに認知症の発症の懸念があると脳精神科医は警告している。

　ある哲学者は東京のスクランブル交差点からビル街を見渡して言った「欲望と欲望が重なり合うこの町での生存競争は抑圧的社会でその効率性が自からを追い詰め酷い戦争のようだ、人々はスマートフォンに逃げ込んでしまった」「資本主義では時として人間の主体性が無くなり人間とシステムが逆転してしまう、人がシステムのための部品のようだ」「文化産業の提供する商品とりわけ巨大な広告産業は心に入り込み操作し操る」と。

　商人にもモラルが必要であろう、昔の江戸のある問屋商人の家訓は興味深い「富が人々より勝れば人は必ず憎む　情けに通じ足るを知るを知ることが富である」と、思いやる心を持つことが本当の富であると諭したのだ！正にこういうことだと思う。

　資本主義の社会は一言でいえば欲望の社会なのだ。欲しいものを買うために体力も家族も犠牲にして働く…物質主義という鳥籠に入れられ抜け出せない。石川啄木の詩で「はたらけど　はたらけど　猶わが生活　楽にならざり　ぢっと手をみる」と詠った！　…啄木の時代と今とは若干違うかもしれない…が。

　より大きい多機能の車、機能アップした自動の家電などなど半年もしないで新製品が次から次と発表され…自己満足と物質スパイラル地獄に陥り、共働きで子供に食事を作る余裕もないほど疲れ切っている。

　得てして資本主義社会では【人間と現代生きている社会システムとが逆転してしまい、人間本来の生き方ができないというジレンマを生む】という特性があるという…これが本質だ！　物欲での持ち物の多さや高級さを誇る前に自らの良心を誇る事が先決ではないのだろうか？見る人がみればこの人はどのような頭の中身の持ち主かすぐわかる！　恥ずかしいではないか。

　子供たちに朝食を食べさせない家庭も多いらしい。地域のお母さんたちが協力して子供たちに朝食を作って食べさせたら子供たちの学校の成績がアップしたとＴＶで見た！　こういう事が基本なのになぜ気付かないのだろうか。教育は物を与える事ではなく心を与える事なはずなのに…。そして30代〜40代の若者の貯蓄が平成30年で約半数が50万円以下、２割がゼロだと言う調査結果は衝撃的であった。

　映像メディア社会、そしてネット社会・ゲーム機器業界と一部の制作会社という近代の文化産業は、巨大な情報という武器を使って心を操作し操ってしまう。

　21世紀の流行病はストレスだという。ＴＶである名古屋の地区でご婦人方が自分たちが考えた歌に合わせて

健康体操をしていた、その歌の中身は「♪お金とストレス溜める人〜人の２倍ボケますよ〜」だ。見ていて吹き出したが何故か妙に納得もしてしまった。ある研究ではストレス解消には運動・素食・音楽という事だから！！

　個人の流した情報が拡散し消せないデジタルタトゥーという現象も怖い！

　その一方では広範囲な情報発信技術を用いて双方のコミュニケーションを取るための取り決め（ソーシャルメディア・ポリシー）という各企業の取り組みも始まっている事は歓迎すべきことだ。

　どんな文明の力でもプラスの面とマイナスの面が付きものだが、その影響力の強さはダメージも大きく直接見えないだけに末恐ろしくなる。いち早く犠牲となってしまうのは将来を担う若者たちなのだ！　モラルアップと倫理観をぜひ期待したい。

　性犯罪が後を絶たない！　自然の種の保存の法則についてであるが。男は結果を重視し能動的で無差別に自分の種を残そうと躍起になるメスへの追尾行動だ、野生動物も含めすべてのオスの特徴である。昆虫のカマキリなどは交尾が終わるとメスに食べられてしまうらしいが種を残そうとそれでも頑張る。女はプロセスを重視し受動的できる限り生き残る強い種を選別する特性があるという。これも、動物も含めメスの特徴だ。植物も動物も自分に気を引こうと色を変えたりし様々な行動で相手を誘

う。人間と動物と草木の違いはと言うと、草木は年に1、2回花が咲き種を動物の体に付着させて移動させるもの・風に種を舞わせるもの・自らの力で種をはじけ飛ばせるものといろいろだ。春は一番早く黄色の花から始まると言われている、その理由は目立つ色の花を持つことによって昆虫に花粉を運んでもらうためなのだという事だ。あの手この手で種を残そうとしているのだ。それは動物も植物も命あるもすべてに共通している特徴と言える。

　動物も発情期があり繁殖活動は年に1、2回の時期だけだ。子孫を残そうとメスをめぐりオス同士の戦いになる事もまれではない。では人間はというと365日発情なのだ！

　男は女の人を見る時、目はまず胸や腰そして顔になるデータがあるそうだ、つまりこの女は自分の種を残してくれるかを無意識に本能的に判断しているのだ。男は視覚と触る事から性的刺激を感じるという…短いスカート・肌を露出するファッション…ムラムラするのは動物的本能だからしかたない、出来るだけ多くの子孫を残そうという習性があり、男の浮気はその習性から生じるものなのだ。盗撮・強姦等の問題は男の目を女性が刺激しすぎる結果と思う。

　女は男の筋肉質に目が行くらしい、つまり強く生き残る種を持っているかどうかを判断しているのだ。性的刺

激は見られることと触られることの受動的で感覚的なの
だ。なるほど自分に男の注意を引こうと無意識に様々に
カモフラージュする、つまり化粧・着飾って近寄ってく
る男を選別しているのだ。問題なのは日常の服装と非日
常の服装とを大きく着分けることだと思う。ファッショ
ン界は非日常的なものに重点を置きやすい。そうした
ファッションを日常に持ち込もうとすると過度なカモフ
ラージュで男を刺激しすぎ犯罪の犠牲になってしまう。

　ちなみに東京のある学校で女児の制服をスカートとズ
ボンを選択できるようにしたという。どちらを選択する
かは個人の自由だが、少しでも肌を露出させない犯罪を
生まない方が賢い選択ではないかと私は思う。物事は簡
単な原理原則なはず、動物的本来の持つリスクをいかに
軽減するかだ。

　流されやすい社会にも問題がある。あるサッカー会場
での日本サポーターのゴミ拾いと持ち帰りが称賛されて
話題になった、それは世界中から良い評価を受けた！
嬉しい傾向だと思っていたら…一方で、ハロウィンの行
事での出来事だ。都会のスクランブル交差点でのバカ騒
ぎの結果で逮捕者が出た。自分で善し悪しの判断がつか
ない、あるいは鈍ってしまう群衆行動の典型だろう…も
しかしたら教育の欠陥の露呈かもしれないと感じた。

　人間は不思議な動物だと思う。一人では生きられない
のに人数が多くなると、いがみ合ったり時として集団行

動で相手に手をあげる！

2014年に、武装集団タリバンから銃撃され負傷したわずか17歳の少女がノーベル平和賞を受賞した。そのマララ・ユスフザイの言葉が世界中を駆け巡った。「銃を与える事は簡単なのに本を与える事はなぜ難しいのか」そして『ペンは剣よりも強し』と訴えたその言葉…が！無学・貧困・テロリズムと戦い人間本来のあるべき姿を判断できる人としての道を自ら見つめ、見つけて歩めるよう導く教育に活路を見出すようにと訴えたのだ。文化・思想・宗教が違えと男女平等である事の大切さを。東京のフォーラムに招かれた彼女はNHKのインタビューに答えて次のように言った。イスラムの教えには男の子も女の子も制限なく教育を受ける権利がある。アシュラーは一人の人間を殺すことは人類を殺すことに等しいと、ムハンマドは自分を傷つけるな・他人も傷つけるなと教えているとされる、と彼女は訴えた。加え、強いとされる国々は戦争を生み出す力がとてもあるのに、平和を生み出すことにかけている、と嘆いた。

教育の一般的定義を辞書で調べてみた。「知性や学問に勝るものはない」とあった。世界で6人に1人は学校に通えていない現実がある、これもまた悲しい限りではないか。注意しなければならないのは思想や言論は銃と同じような役割をする事があるという事をもいつも忘れてはならないだろう。

　すべからく教育に尽きる…人間として厚みのある善良な心と相手を思いやる心を持つ人間を育てなければならないだろう。

　鳥のように大空から見下ろした大局的なものの見方、小さな甲虫のように雑草の中から見上げた客観的見方、様々な方角から自分の置かれている現状を総合的に判断出来るように…、頭の知識の多さはもとより、良し悪しの正しい判断が出来るように…それに半歩でも一歩でも近づけるように育てる事が大きな要素ではないだろうか…。

　単に知識を詰め込む為のだけの教育ならロボットやＡＩでもこれからは十分に間に合うはずだから。

126

人を育てる環境を

環境を守る事は人の心を豊かにする！　自分の家から
四季移ろう海や山や川が見え、お日様の下でうたた寝す
る贅沢は至福の時だ…朝日が昇り夕日が沈んでいく景色
を楽しめる贅沢、誰しもの憧れだと思う。自然は癒して
くれるのだから！

でも人類歴史の要約は、生態系の破壊（二酸化炭素／
フロンの排出に伴う温暖化と海面上昇）・地球規模の環
境破壊（水質汚染／森林伐採／魚介の乱獲）・身勝手な
生活による自らの文明の崩壊（民族／宗教／資源の争
い）これが結論ではないか!?　これは何が要因なのだ
ろうか…もしかしたら人間の生活の仕方の間違いではな
いのか。ゆえに人間の教育が絶対に必要だと思う。

ロボットやＡＩはデータ量を入れれば入れるほど正確
な情報を表示し、求めるイメージに近づくのだそうだ
…。

人間は成人になると約60兆の細胞が正確に分裂を繰
り返し、脳は無数のニューロンとわずかな電気信号で
スーパーコンピュータ以上の能力を発揮してくれている
という。私たちは日々当たり前のように生きていて気に

もしないが…。

　真新しいロボットも生まれたての赤ん坊も共通に初め
はデータのまっさらな状態から始めなければならない。
発育に従って多くの情報量と処理能力が培われるが、Ａ
Ｉと人間とには決定的違いがある。それは人間としての
本来持つ遺伝的感情と性格だ。人は経験や思考などの積
み重ねの複合体として肌で感じる温度や息遣いなど微妙
な表現を受け止める事が出来る。そこをしっかりと生か
して「善し悪しの判断」がつくように「良心がつくよ
う」に教えなければならないと思う。正聞・薫習という
言葉がある、それは正しい教えを聞たり読んだりして心
の奥深から心を浄化する種を育てる事を意味するのだそ
うだ。正にそのような事だと思う。

　日本の子育て支援の質は先進国の中でも最低のレベル
にあるらしく、保育士１人で５歳児30人面倒を見る状
態だという。持ち家率の低さも生活保護率や40歳まで
の平均犯罪率も高い傾向にあると言われる。憂いるべき
状況なのだ。

　机上論の知識も設計図も実践で試験使ってみて初め
て約に立つかどうかわかる。人間も同様だ！

　生きている人生の過程で世の中に役立っているかどう
かで判断できる。すくなくても迷惑と邪魔にはならない
ぐらいでは居たいものだ。仮にもし透明なコップの
ジュースのように、人の心に色が付いて見えるようであ

るなら恥ずかしくて外出もできないかもしれないと思う
と滑稽ではないか？

　語気を強めるが、多大な影響を与えている宗教もその
人の日常生活態度を見れば善し悪しは判断できる。

　世界をみれば宗教の役割など微塵も果たしていないの
と同然ではないのか…！

　おれおれ詐欺、ネット詐欺、偽の投資勧誘、サイバー
攻撃犯罪が毎日のようにニュースを埋め尽くす。

　いかに相手を騙すか躍起になっている。しかもそれ生
業として成立している不思議さ。顔が見えないからそん
なことをやって良いのか？　国が違うからそんな事を
やっていいのか？　違うだろうが！　あたかも表沙汰に
なると騙される方が悪いかのように振る舞う。痔に塗る
薬があるように脳ミソと心に持続的に効く特効薬を開発
できないのだろうか、そうしたらノーベル特別賞を心を
込めて熨斗付けて差し上げても良いと思ってしまう。

　一般家庭の家電も遠隔操作で操られてしまう…自分で
はなく他人に！　そんな空しく寂しく悲しい時代なの
だ。

　国と国も相手の情報を盗もうと情報戦を展開しスパイ
行為や盗みを繰り返す。人間が直接行うヒューミントと
呼ばれる諜報活動とシギントと呼ばれる通信媒体を介し
た諜報傍受に躍起になっている。あたかもそれはキツネ
とタヌキの化かし合い合戦の様を呈している。そしてつ

いに2011年には世界的テロの時代も幕を開けてしまった。個人と個人も会社と会社も国と国も、人をいかに騙すか躍起になっている、偽情報が世界中を駆け巡り、何が本当の事かも判断が難しい時代に入ってしまった…。仮に無心な幼い子供だったらそんな悪いことをするだろうか…大人になるまでに入れてあげる情報が悪いのではないのか。悪い事をしようとする心にブレーキを掛ける良心の欠如つまり『教育』が悪かったという結論になるはず！　ＡＩロボットならば入力情報の欠陥商品であろう。

　下等な動物と何ら変わりないのではないのか？　鳥も動物も餌があると互いに取り合う、すきあれば相手を追い払ってでもその餌を食べようとしつこく狙う。しかし腹がいっぱいになると見向きもしない。一方人間はというと飽くことを知らない…貪欲に貪欲を重ねて…！

　親は子供に「嘘をついてはいけません〜、相手に手をあげてはいけません〜！」と教えている一方で自分は嘘に嘘を重ね相手を威嚇し暴力に及ぶ。これでは笑い話にもならない！

　教育の恐ろしさについてである…論語という孔子によって書かれた儒教の経典がある。その教えの中の孔子と弟子の問答の中で、弟子は孔子に民を守るために政治に必要なものは何かと尋ねたという。そうしたら孔子は戦争・教育・食料だと教えた。弟子はその中から二つを

選ぶとしたら何を選ぶかと尋ねた。孔子は民を守る戦争を除き教育と食料を挙げた。さらに弟子は究極の一つを選ぶとしたら何かと尋ねると、孔子は民を食べさせる食料の確保を除いて教育を挙げた。そうして民の「人間としての心を持つこと」の重要性を示し弟子に諭したと記されているらしい！　近くのどこかの大国は何千年という歴史があり日本の文化のルーツともなった。その国がわずか百年にも満たない〇〇〇革命なる思想教育によって…自分の物は自分の物そして他人の物も自分の物的、何でもありの道徳低下を生んでしまったと感じるのは、私だけだろうか？

　長い歴史や文化の高い積み木もたった一撃でもろく崩れ去ってしまうのである。教育の怖さの顕著な例に私には見える。目隠しし攪乱するのも教育、目隠しを外して攪乱を見破るのも教育…表裏一体なのだ!!

　戦時中は思想教育によって天皇陛下万歳と言って人々は死んで犠牲になった。生身を戦いの武器として鉄砲を持って軍艦に乗った…戦いの正確な情報は攪乱され知らないままに！　古代ローマ時代からそして今日まですべての戦いと戦争が同じ目隠し手法を用いなされて繰り返されてきた！

　人間も簡単にロボット化されてしまう。ただし人間は救いなのはロボットと違い、善し悪しの判断能力と良識の能力が潜在的に備わっている事だと思う。だからそこ

を伸ばしてあげる教育が必要なのだ！

　私は小さい頃から勉強が嫌いでいつも親から叱られた…だが、なぜ勉強しなければいけないのか深く考えもしなかったが古希を迎えた今になって少し分かってきたような気がする！

　教育は知識の積み重ねだけでは成り立たない。今日の塾を掛け持ちするような詰め込み知識だけならロボットでもよい。しかしそれでは他の人との協調性や思いやりが育たず紋切り型の人に育ってしまう！

　教わった事を応用する能力が人間には備わっており、応用し使って初めて役立つ。余談だが算数を勉強することは客観的に物事を考えられるようになることに役立ち、かつ合理的に物事を考えるのに役に立つのだそうだ。早くそれを教わっていたら私ももう少しましな人間になっていたかもしれないと悔やむ…がもう遅い！　算数の通信簿はいつも最下位だった。学校の教科の初めに、この教科は何にどのように役立つのか繰り返し教えてくれればよかったのにと今更ながら思う…。

　良心を養う教育・善悪の判断ができるようになる教育・相手を助け思いやるような心を持つような教育が人としての道ではないのか！　７：３という法則があるらしい。100％成し遂げられなくとも７割達成されればそれは目標に近いということだ。人間形成に100％は望まないにしてもそれに近い道徳教育は欲しいと願ってしま

う。

　スポーツマンシップと言う言葉がありそれは爽やかさ
の象徴でもあるように感じる。では今の若者はスポーツ
から何を学んでいるのだろうか、サッカー等の試合では
観客が暴徒化する。他のスポーツでも頻繁に同じことが
見られヤジも飛び交い物が投げ入れられることもしばし
ばだ。もう少し目先を変えさせることはできないのだろ
うか…昔のローマ時代の闘技場の場面を思い起こしてし
まうのは私だけだろうか！　平和ボケなのかエネルギー
の発散の場が少ないので手っ取り早く若者は欲求不満の
はけ口をスポーツや祭りなどに向けられているように見
える。自然に触れるボランティア活動のような方向に
もっと関心を向けさせたらともどかしく思ってならな
い。東日本大震災の被害を受けた岩手の沿岸の過疎の地
域にボランティア活動がきっかけで定期的に住民と交流
している若者もいる。それは生活の知恵を学ぶ素晴らし
い活動だと思う…。受ける方も与える方も共に心が温か
くなる。

　スポーツから何を学ぶべきか。心と体を鍛える事それ
はしごく当たり前の答えだ！　団体のスポーツは「互い
に自分が自己主張せず協調」する事、個人戦では「自分
の力の限り努力する姿」を見せる事…見ている者が教訓
と励ましを得て日々生活に生かす事ではないのか。これ
も教育の原点であろう。オリンピックの創始者クーベル

タン男爵はスポーツを通じ友情・連帯感・フェアプレーの精神をもって互いに理解し合うことで平和に貢献しようと努めた。だから単に一選手のあるいはチームの応援に行って負けたから相手にヤジを飛ばし物も投げつける…そのような憂さ晴らしの場ではないはずだ。なぜ体育があるのか、何をスポーツから学ばなければならないのかの基本的な所を繰り返し教えることが必要なのだと思う。平成も最後の三月に大リーグで長年活躍した日本人選手イチローが引退した。その時に彼が日本の子供たちに語ってくれた言葉がある。「人の見えるところではなく、人の見ていないところでどのような人間であるべきかを考えて成長するように」と励ましてくれた。後々の子供たちにとって大きな宝物の言葉になったに違いない。自らの生きざまを見せて語る彼の言葉には大きな説得力と力がある！　プロスポーツ選手とはかくあるべきだと思う。

　さて、今は昔のように一般家庭ではマッチで火を起こす事も、薪でご飯を炊く事も教えないので震災などでのサバイバルには対処できない。家に閉じこもってファミコン・ゲームに熱中する子供は、農家の薄暗いハウス促成栽培の野菜のようで厳しい環境に置くとすぐ萎えてしまう。むしろ昔のように野山を駆け巡って育った子の方が実生活への適応力と応用力ははるかにあるように見える。釘を打つ金槌も木を切るノコギリも薪を割る斧も、

ただ振り下ろしたり引いたりすればよいというものではない。何でも道具を使うにはコツとテクニックを要する。使い方が悪ければ怪我をする可能性もある。頭で考えて解ってはいても実際にはなかなか理想どおりにはいかない。それは繰り返し体感しなければ培われないものなのだ。教育は実生活に適応して初めて役立ち生きて行く能力を培わせ育てることでもあるはずだと思う！

　役人は頭で考える机上論と口だけは達者で公僕としての立場を忘れているかのようだ、特に高等教育を出たものは屁理屈が多い。テレビの国会答弁などを見ていると特に自己弁護と詭弁ではぐらかすのは得意でズル賢く自分の保身ばかりだ。仏教では無漸（むざん）という言葉がある、それは反省する心が無いことを指す。公僕とし国民の税金で雇われている認識の欠如。これでは一種の心の欠陥のある障害者と同じではないか…ところが体を使うような実践をやらせてみるとからっきし役に立たないことが多々ある…断っておくが、ある一部であるが。

　戦国時代の武将の北条氏綱の教育術は興味深いものがある、息子たちに語った家訓は次のように記している。
［倹約に努めよ！　領地拡大より義を大切に！　分限を守り足るを知れ！　不要な者などないと心得よ！　勝って兜の緒を締めよ！］

　正しき義を大切にすることや、民の奉仕者として公正で公共の利益の為の責務を負わねばならないと教えてい

るのだ。人の上に立つ者・公僕は特に耳の痛い言葉では
ないだろうか？

　人は悪知恵を働かせる事は得意でも、率先して良い事
を体現するのはむずかしいものだとつくづく最近思う
…。

　幼い頃から塾のかけ持ち、エリート教育もそれはそれ
て良いだろう…がともすると偏った人間に育ち幅の広い
人間には育たない！　自然の植物でも野菜でもその生育
をもって無言で教えているではないか。

　知識を生かすことは口先を動かすことではない！　心
を動かすことなのだと思う！

　自然破壊も戦争もすべて教育の欠陥だ…人としての体
に心を持っていないのだから！　心を持っていないなら
人工知能ロボットと同じではないか、ロボットは悪い情
報量を入れない限りそのような暴走はしない。

　人間は下等動物を謙虚に見習うべきだろう…動物も植
物も自分の役割を淡々とこなし生命維持と環境浄化に貢
献しいるではないか。しかも人間よりはるかに生きる能
力に長けている。例えば、冬にシベリアから遥かに高い
空を飛んでやってくる白鳥はどのようなＧＰＳを持って
いるのだろうか、故郷の川に帰って来るサケはその川の
匂いを覚え太陽コンパスを利用しているとも言われてい
る。深海に住む魚はわずかな光を感じる目の感度で少な
い餌を探してしっかりと生きている。小鳥も動物も植物

136

も優れた各々の体のつくりを持ちそれをフルに活用している。その能力もさることながら体のつくりは今日のデザイナーもかなわないほど優れているらしい。

　酸素は標高が高くなるほど薄くなる、一方で深海になるに従っても薄くなる、人間の居る所が丁度いい、すなわち人間は過保護の状態かもしれないと思ってしまう。与えられた環境で一生懸命生きることを忘れてしまったかのように。

　アフリカで発見されたハダカネズミは酸素と食料が極端に少ない過酷な中で生きている、にも関わらず極めて特殊な能力をもっているという、日本にもいるシロアリやハチなどと同じようにピラミッド型のコロニーを形成し群れの中でそれぞれの役割を的確に分担しているのだそうだ。社会性を築き上げしかも不老長寿らしい。理由は新陳代謝する時には細胞の中のミトコンドリアで酸素を使うので細胞の酸化が生じるのだそうだ。しかしハダカネズミは細胞のレベルで酸素が無い状況に強いので細胞の酸化が少ない仕組みになっているらしい。細胞のつくりもさることながらそれぞれが自己主張しすぎることなくその仕事の役割を果たす、その事を研究者は人間に応用できるのではないかとしている。自己主張しわがままなのは正に人間だけではないか！　だから自然から教われと言っているのに…。

　人間の一人一人の持つ十人十色の生きる感性を育てる

事が結論だと思う。人種も違うし育った環境も違うし価値観も違う…しかしそこには共通した1本の柱が無ければならない。それが「道徳」だ！　人間も動物も共通して太い背骨で様々な臓器と体を支えているではないか。道徳それは互いに違う相手を助け合う事の備えとして与えられたものだ！　加え、人間には子孫に言葉や文字などで「伝える情報（ミーム）」と「遺伝子情報」の二つの方法も与えられている。

　私は無神論者だが、もし神がいたとするならば荒廃した地球と人間の心を見てこの世に人間をおいた事をきっと悔やむはずだ…。

　世界で最も幸福な国は中南米のコスタリカだという。その小さな国は病院も無料、公立学校も無料なのだ…地元の子供の言葉が耳に残った。「平和と自由があるのはこの国は軍隊を持たないからだ」とさらりと言った。

　これまでのあらゆる国の軍事的なお金を別な使い道に回していたらどんなにか世界中の国々が豊かになっただろうか…そして人間形成に！

　幸福度ランキングなる調査もあり北欧諸国がトップに挙げられている。先進国と言われる日本は156ヵ国中の三分の二ぐらいの位置にある。アンケートで他者への寛容の無さと社会の自由度が低い事があげられたのも気にかかる。恥ずかしいではないか。

　ちなみに平成30年の我が国の教育費と軍事予算はほ

ぼ同額だった。国の予算の使い方でもある程度の自制と
我慢が必要なはず、その自制したお金を人の教育に特化
したなら今よりは少しでもましな方に向かうのではない
だろうか…世界中の国々も勿論しかりだ！

政治と宗教について

　政治と宗教についてあれこれ言うことは少なからずタブーとされているという。

　宗教の誕生は人間の力を超える自然界の出来事やつくりの素晴らしさから来る恐れと畏敬の念から生まれたものだと私は理解している。

　光合成で生きている植物は太陽が出なければ生きてはいけない。動物も太陽の光と熱がなければ生命を維持できない。変温動物は太陽の光で体温を上昇させ活動しなければならないらしい。恒温動物も植物も命すべてが光と温度に支配されている。古代人はそれを知ったので太陽信仰が生まれたのだと思う！

　人間の力の及ばない現象や力の源を神と評する！　偉大な力を生む太陽や神々しく輝く高い山々…古代からそれは信仰の対象となってきた。古代人は太陽が人類を支配していると考え神格化し世界観を持つ宗教が生まれたとされるのが定説だ。世界遺産で有名な現在のヨルダン西部のナバテア人やインドに発生したヒンズー教は古来、山を信仰の対象としてきた。

　現代の文明の届かない1900年代後半にアマゾンのは

るか奥地で未知の数種族が発見された。その未接触の先
住民を撮影したNHKの特集番組を見た。彼らは手作り
の弓や矢で狩りをしながら原始の森に裸で家族を形成し
生きている。しかも、誰からも教わったことが無いにも
関わらずしっかりと宗教観を持っているではないか。例
えばヤノマミの部族の長は「天は精霊の家　死ねば天に
昇り魂は精霊となる」という独自の宗教観を持っていた
のは驚かせられた。

　このような宗教観はどこから起こるものなのだろう
か？　たぶんそれは昼の光輝く太陽は光と暖かさの恵み
を与え、夜の月は歩む道標となり満天の星々が輝きを放
つ圧倒されるスペクタクル。様々な種類の変化に富んだ
食物も飲み物も時には薬になるような物も身近に備わっ
ている、生きるに足りるすべてが備わり与えてもらう。
時にははるかに大きな力で嵐や豪雨さらには火山の爆発
や地震すら発生させる。そうした未知の力の源を評した
に違いない！　北極に現れるオーロラは電子が大気と衝
突して起きる現象らしい。その自然現象を人々は古代死
者の魂と呼んだそうだ、人間では計り知れない出来事を
目の当たりにしたからだ。

　そういう意味ではむしろ大自然の中で生きている人々
の方が自然への感謝・畏敬の念が私たちよりはるかに強
いのかもしれない…。もし、見ず知らずの人が、食べ物
も飲み物も着る物も暖房も冷房も生活に足りるすべてが

備わる快適な家に無償で住まわせてくれるとしたら、それは感謝しかないのではないだろうか。台風・地震・津波などの震災を経験した方ならわかると思うが、おにぎり一つ、飲み水一滴がいかに大切か切実に体感されていると思う。

　近年、そのアマゾン源流の未知のイゾラドという原住民の生き残りが環境保護団体に保護された。住む小屋も食べる物も与えられる生活。しかしその映像を見た私は違和感をもった、大自然のアマゾンの中から突然文明社会に連れてこられたのだ。裸で原始の森の中で独自の手作りの狩猟道具で狩りをしながら生活していた彼らが言語も通じない身振りだけで気持ちを表現するこの文明社会に馴染むのは無理があるように見えた。毎日餌を与えられている動物園のサルのようではないか！　きっと大自然の下で厳しいであろうが生き生きと暮らし死んだ方がいかに幸せだっただろうか…。保護された彼らは用意された粗末な小屋に閉じこもり会話も拒否して、もくもくと使うことのない弓の矢を一生懸命作る姿は何か悲哀に満ち、今日の社会のあるやるせない感情と共通したものを感じてしまった。

　そうした部族と交流を試みている研究者は次のように語った「それぞれの部族が文化・言葉・神話を持っている。そして小さくとも一つの国だ、今その国が次々と消えている、彼らが消えれば世界はさらに平準化し貧しく

なっていく」と。また別の学者は「歴史？　それは西欧社会については当てはまるが異文化（未開）社会についてはあてはまらない」とも言っている。極端であるが、今日の住み慣れた故郷の我が家から都会のハイテク老人ホームに入れられる老人にも共通した感情があるように思ってしまった。

　私事ながら、東日本大震災の後に亡くなったお袋が老人ホームにお世話になっていた時、見舞いに行くと口癖のように「自分がぁ〜どうなってもいいから家にかえりてぇ〜」と言われ、いつも切なくやるせない思いをしながら帰途に就いていたことを思い出す。

　さて、宗教観や神という考え方について、古代ピラミッドもマチュピチュもストーンヘンジも共通して太陽神から生まれたとされている。太陽の光は時間と季節を教え豊穣な大地を照らしてくれる。毎日の昇るその様に人間は蘇りも託した。一方で畏敬の念を利用した者が呪術師・神官・宗教師などと称し、神の名の下に権力行使に加わり利用してきた。エジプトのピラミッド時代などは絶大な権力持った王ファラオも神官の顔をうかがうような時代と言われている。繁栄した古代ローマの人口は100万と推測され、衰退期にはなんと３万人というから驚く！　そうした都市の衰退の原因は宗教・戦争・伝染病だと言う。しかも近年の調査でピラミッド内の墓の盗掘は神官たちと判断されている…神に仕え者と口で言い

つつ恥も外聞もなく。

　そのようにヨーロッパの古代都市の繁栄と衰退はすべからく宗教が関係しているのである。

　以来今日まで宗教と政治は持ちつ持たれつ一心同体のごときだ！　しかも宗教によるバチカンのような国さえある。古来より司祭の考えや対立で大きくその権力は翻弄されてきたと何かで読んだ。

　いずれの宗教も中東方面やインド方面から様々な宗教が誕生し、それが大陸を伝い世界中に広まったのが通説となっている…教義に様々な尾ひれをつけ加え様々な理由付けをして、自分たちの都合の良いように解釈して変えてきた！！

　アメリカの発展の源流は宗教が関係していたともいわれる。その根底に流れていたのはプロテスタントの「社会の発展を望み働くことに誠実で勤勉であれ」という考え方だ。加え、それは利潤資本主義へとつながったようだ。

　近年、宗教も含めて至るところで様々なトラブルを起こし、また利用もされている…。

　サウジアラビアの女性は車を運転する自由もなかった事がドキュメンタリー番組で放送された。顔をベールで隠さなければならない規定もあり、その規則を守っているか取り締まる宗教警察なるものもいるのだそうだ。ＴＶに登場した女性が言った言葉が耳に残った。「宗教者

は自分たちの都合の良い方に教義を変えてきたのだ」と
…。

　イスラム教の国イランは中国に次いで死刑の多い国で
毎年1000人あまりが処刑の対象となっていると言われ
ている。酒を飲む事も犬を飼うことも女がベールを被ら
ず外出することもイスラムの法に禁じられており、見つ
かればムチ打ち刑か死刑になる。モスクの宗教宣伝用ス
クリーンは「誇りを持って立ち上がり血の最後の一滴ま
で戦え」と米国を名指しで非難し民衆を煽る。一人の青
年が顔を隠して取材に応じこう話した。「力は私たちの
手の中にある。力を生み出すのは民衆だ」と言い切っ
た。若者の力とエネルギーでこの民主的な流れが大きく
なることを願うばかりだ。そしてこの若者のエネルギー
の流れが世界のあちらこちらに広がりつつある。新芽が
心無い一部の者によって踏みににじられずに力強く芽吹
き花を咲かせるように祈らずにはいられない。

　大きく見れば宗教間エゴイズムの対立は人種・民族対
決を生んでおり、人間一人一人の人権も侵害するものと
なり、その多くは子供と若者が犠牲となり地球上の平和
を脅かし続けている。宗教と政治の名の下に抑圧と弾圧
を加え、わずか一握りの宗教指導者や政治支配者が体制
を守ろうと躍起になりカリスマ的になる。ＥＵのアイル
ランドと北アイルランドのようにプロテスタントとカト
リックの教派間の血に塗られた歴史も依然として対立が

続く。異なる宗教間の争い、宗派と教派間の争い、新興宗教の台頭と入り乱れて対立が益々加熱する。

　信じないならあなたは預言にあるように滅びるとか地獄に行くなどと心理的圧力を加え、布教と評して巧みに煽り競わせてノルマをかけ貴重な化石燃料を垂れ流し狂信的マインドコントロール的に走り回らせ、献金を煽る団体も少なくないように感じる。そんな時間があったら周りのゴミ拾いでもしたらどんなにか喜ばれるだろうに…と思ってしまう。宗教の周りを見ない信じ込みと抜けがたいマインドコントロールは手に負えないものがあり、麻薬と同様に質が悪いように私には見える。

　大方の宗教の建物は仰々しく大きく威厳を放つような物が多い。しかし、本来ならば建物を建てる金があるなら宗教の役割である道徳的人間形成つまり生き方や考え方を教えるのに特化し重視すべきではないのか。岩手には詩人である宮沢賢治がいる。彼は宗教家でもあったと思うが。「雨ニモマケズ」の詩には【…欲はなく　決して怒らず　一日に玄米四合と味噌と少しの野菜を食べ　あらゆることを自分を勘定に入れずに　よくみききしわかり　そしてわすれず　東に病気の子供があれば行って看病してやり　西に疲れた母あれば行ってその稲の束を背負い　南に死にそうな人があれば行って怖がらなくてもいいと言い　北に喧嘩や訴訟があればつまらないからやめろといい　みんなにでくのぼーと呼ばれ　褒められ

もせず苦にもされず…】（抜粋）

　本来こうした考え方と行動こそ宗教の役割であり、宗教を信じていると言って憚らない者こそが取るべき行動であり、かつあるべき姿ではないのかとつくづく思う！

　キリスト教の経典は「自分自身のように隣人を愛し、ほほを打たれたら他方も差し出し」と記し自分が間違っていたと相手が気付くように仕向けるように、そのために集まって学び教義を忘れず行動で示すようにと教えている。仏教は心身を乱れさせる心の汚れ「煩悩」を生まないように経を朗々と読み座禅し自己究明・他者救済・生死解決を教えている。こうした教義はすべての宗教に大なり小なり共通してあるのではないだろうかと思う。

　年配のボランティアが地区の消防や警察等が探し回っても見つけかねていた迷子の子供を年配特有の勘で山に登り救ったニュースが一躍話題になった事がある。その方は震災などあれば国内どこへでも自分の時間を犠牲にしてまで駆け付け、しかも自分の車で寝泊まりをしながらボランティアで奉仕をしていると言う！　まさに宮沢賢治の精神ではないか…。そうした精神こそ宗教を信仰している者には一層必要ではないだろうか。言うより行動で示せ〜だ！

　本来、宗教は平和を作り出す役目をすべきなのに世界的にそれと全く逆のことをほとんどは行っている。

　あまり表沙汰になっていないようだが企業や法人は宗

教法人を作り税金のがれの隠れ蓑にしているとの話もある。いかにも大きな宗教染みた建物を誇るのもそうした理由によるものなのだろうか？

　この国の借金がすでに国の予算の九倍という切迫した税収の中で宗教を特別扱いするのはどうかと思う。正しく課税すればどれほど税収が改善されるだろう。献金をもらい見て見ぬふりをしている政治家も政治家であるし選挙で投票する無関心な我々も我々であろう。

　結論的には、人類誕生から人類は宗教観を持っていた。それは今日のアマゾン源流ジャングルに住む未開の原住民部族の人々にも当てはまる共通のものであった。人類が二足歩行を始めてから700万年だという！　以来、今日までそれぞれの宗教が平和を唱えてきたはずである…が歴史と現実から導き出す結論はどうか。古代から政治は地位を高めるために神格化し、宗教は思いのままに世の中を導こうと政治を利用し、互いに持ちつ持たれつの関係を続けて来たのが現実であろう。日本はとりわけ政治と宗教の分離という原則もあるも関わらず！

　それぞれ表向きは良いことを言っているように見えるがエゴイズムは生み出しても「平和は成し遂げられない」というのは歴史の証明ではないだろうか。とは言え、生きる支えとなったり慰めとなったりしていることも事実あり、部分的に見ればよい点もあることは否定しない！

　日本では正月などに初もうでや神社に行く習わしが
あって人が繰り出す。この行為は何だろうかと考えてみ
た。願い事をすることは事前に頭でその願い事をまとめ
なければならない、そして現場に行ってその誓いを心の
中でつぶやく！　つまりそうすると日々の生活の中で無
意識に願った事を努力することにつながるのではないか
と思う。家族の健康を願えばやはり時々にその事を気遣
うはず…そのような相乗効果を生むのではないかと思う。

　余談だか、天国でたぶん見ていてくれると思う。とい
う言葉がよく飛び交う。しかし調べれば仏教には浄土は
あるが天国は無い。それもまたいいのかもしれない、気
休めなのだから！

　何処かの地方のほら吹き大会で、三途の川の舟の渡し
には自動販売券売り場がありその操作方法がわからなけ
れば向こう岸には行けないのだという、そして地獄の血
の海は酒の池に、針の山はゴルフ場に今は変わっている
そうだと笑った…そのようなバカ話は一番楽しい。

　毎日のように日が昇り、植物も育って実りを与えても
らう。流れる風も海の波も時には見たこともない大きな
力を見せる。そうした自然への畏敬それは素晴らしい事
で謙虚な気持ちを抱かせ信仰心を生む。しかしそれを神
の後ろ盾と評し利用するのはいかがなものだろうか…。

　まとめておくが宗教は不安を和らげる機能がある！
悲惨な事が起きた時に心をいやす！　その半面、麻薬の

ように信じ込むと抜け出せない怖さもある！　支配者が
人々を服従させる根拠となる！　戦争を正当化する！
という面がある。正と負の両面があるのだ。

　信仰については、農夫や漁夫の方々は我々よりその信
仰心はより強いものだと感じる。その証として海の安全
祈願や豊漁祈願を漁師の方々はとても大切にする、農家
の方々も田植え踊りなどの豊作祈願を欠かせない行事と
している。農夫は四季の変化が確実に来る種を植えれば
芽を出し育つ、必ず日は照り風も雨も降ると確信し田畑
を耕す。漁師は季節の巡りで風と潮で水温が変わり、魚
の種類も確実に変わると信じて船を出す…などあげれば
きりがない。

　信仰とは、なにかを崇めるというより、これまでの事
象や経験からこれからもそうなるだろうという確信に基
づくものから生じるものではないかと私は思う。地球が
正確に回転し太陽が明日昇るのも、確実に明日の朝目覚
めもあるであろうという確信も、それはこれまでの経験
から不動のものでありその積み重ねが信仰に至るものだ
と思う。

　私はいつも思う。自然の環境保全の面から世の中を見
て言うのであるが、大自然はそのままの姿が一番ふさわ
しいし美しいと。さらに問題にしたいのは、見ることの
できない神と称する像を至る所に建てたりするのはいか
がなものか…商業的に、あるいは厚い信仰心からそうす

るのも解らなくはないが、自然景観にふさわしくない所
まで石を積み上げたり、あらゆる像や建物を建てたりし
ているように感じる。本人はいたって本気で崇拝の気持
ちからそうしているのだと思うが。しかし自分の生きて
いる時代は自己満足で良いもしれない。でも後世の世代
に撤去も手こずり持て余すような、石やコンクリートや
鉄で造り自然に朽ち果てないような物はどうか思ってし
まう…。生きた証としての碑なども悲しみからの気持ち
はわからないでもないが自然景観の観点からすれば同様
と私は思う。道端から山の頂上の果てにまで、こんなと
ころにまでなぜ？　と思うようなところにまでそうした
物は置かれたり造られたりしている。せっかくの景観を
損なってしまうのは非常に残念なことだ。突き詰めれ
ば、本来それらは地上の自然の姿に無かった物であり、
作るあるいは造っている方には申し訳ないが、言ってみ
れば粗大ゴミはあまり出してほしくないし置かないでほ
しい。大自然の景観の姿が一番美しいのだから！

　わたしは、信仰を持つことを否定しているのではな
い。しかし、今まで先祖がそうやってきたから…とか、
狂信的に私の宗教こそ正しい…とか、あるいは様々な理
由をつけて宗教と言う名の下に慣例的に行うのは…どう
かと今更ながら考えさせられる！！　様々な場でお坊さ
んの説法を聞く機会もあるが、卑下や中傷も少なくなく
いたって真面目な顔をして話しているので笑うに笑えな

いし何か空しくなる。悟りを開いた仏陀の究極の教えは「自分自身を見つめ直す事」に他ならないと宗教学者が話しているのをラジオで聞く機会があった。正にその通りだと私も思った。

　さて、私事ながら平成最後も近づく年に、生まれ故郷から今住む町に墓を引っ越すことになった。それまではそのような年齢になったら愛着もある故郷の墓に入ろうと思っていた。がおふくろが亡くなって葬ろうとしたら寺から今まで先祖を拝んでこなかったので墓を引っ越せと言われた。その一言で今住む町の公営墓地に移設する判を押した。僧侶とはいかにあるべきか…亡くした者の心を癒すのが本来あるべき姿ではなのではないのか…。

　仏具屋もしかり、私の家はウサギ小屋同然だから小さな仏壇で構わないと言うと、罰当たりだと返す！

　拝まない事が不信仰なのか…私はそうは思わない。先祖に対する感謝とは…産み生かされた自分の命を大切に扱いその命を後の世代に引き継ぐことではないのだろうか。植物も動物も自然界の営(いとな)みは何を教えてくれているだろうか。いかにして命を引き継ぐか花も鳥も動物も命あるすべてのものが、それぞれ違った方法で知恵を働かせている…それがすべてではないか。

　私は思う、死んで葬式に来るより、生きている時にこそ来いと、そっちの方がはるかに嬉しくかつ有難い！最近、生前葬なるものを執り行なった方がいた、そうし

た行事に顔をだして励ましたほうが本人はどれほど喜ぶ
だろうか…。

　さて、移設し墓を建てることになったので墓地に下見
に行った。見るとなんと周囲の墓の立派で大きい事か…
驚いた。この石のすべてはどこから持って来たのだろ
う。もし国外から輸入であれば外国の土地の自然破壊に
つながっているのではないだろうか。石材店の方々には
申し訳ないが私はもっと小規模な墓が多く建てられれば
いいと今回つくづく思った。大きな地震が起きれば石が
倒れで他の家の墓に迷惑ともなるのも東日本大震災での
教訓だ。

　墓の移転には結構なお金と時間もかかり手続きも複雑
だ。まず墓のある役所の改葬許可申請を寺に持って行っ
て寺から過去帳をもとに埋蔵証明も書いてもらい役所に
提出、その役所から改葬許可証を発行してもらい新しい
墓の管理者に古い墓の方の役所から発行の改葬許可証を
提出し、墓地使用許可証明もらうなどだ。その間に遺骨
を引っ越す、墓の原状復帰整地建設料と寺への魂抜き
料、新しい墓地の購入料と石材の加工料、新しい寺の魂
入れ料などなどいろいろかかる。教訓だが役所と寺を
行ったり来たりでかなりの時間を要した。遠方に墓を持
つ者はこのような煩雑な手続きをするのはかなりしんど
いと思う。改葬、墓じまいのトラブルが急増している
ニュースもよく耳にする。

　私の場合は、故郷の津波を被った法名碑も移設して小規模の墓を建てた。子供たちに迷惑をかけないよう、すでに自分と家内の名前も刻んである。もう日々生活を簡素にしながらいつ夜逃げしてもいいように準備万端だ…！

　近年樹木葬なるものが人気を集めている、こういう傾向は本当にいいことだと思う。

　ニュースなどでは大量に不法投棄された墓碑や石材で困っている自治体もあるという。大きいことは良いことではない、何も無かった自然を汚さないようにいかにその土地を一時の間使用させていただくかであろう。すべからく今のゴミ問題の端くれの一つでもある。どうしたらゴミを出さなくて済むのか。自然は自然のままに…それが基本ではないのか。

　植物も枯れればゴミになり土に還元される、動物もすべて死ねば自然に土に還元され何の痕跡も残さないそのように自然は作られている。人間もしかりあるべきであろう。人も生きていれば宝・死ねばゴミなのだ！

　いわば私たち人間は、地球から見れば間借り人であり外人居留者であるのだから。いなくなる時は綺麗にしてお返しするぐらいの心構えは必要なはず…。

　世界の人々は宗教的考えがベースとなり政治と経済を生んで発展拡大した。一方で憎しみと戦争の繰り返しは宗教にある。

　時として宗教は人々の目を隠すための道具として利用
されている事を片時も忘れてはなるまい。

近代文明社会の課題と思われる点

　人間が道具を手に持つようになると…食べる物を得る
ための狩りでも、自分の得意と不得意なものが出てきて
物々交換が始まった。取引で物やお金が絡めば商売の初
めとなる。誰かに雇われるものも出てくる！　戦争の兵
士に対価を塩で払った時代もあった。それがサラリーマ
ンの起源となった。

　昔から動物と限らず、人間いずこも獲物を捕り縄張り
を確保するために戦いが生じる…人間の手にした道具は
食べ物を手に入れるために使う。人間の欲は効率を求め
道具を大量にストックして、そして相手に譲ることも生
じる…今日の社会構成の始まりのように！　昔も今も武
器の取引での経済は潤うことに変わりはない。

　1960年代〜70年代初期にかけて政治経済の分野を政
府の規制の最小化で民間の活力に成長をゆだねる新自由
主義と言う新たなシステムを生み出し、文章や文学そし
て言葉のトーンや表現力のように深い哲学と洞察を巧み
に操り人々をコントロールし物質的豊かさを達成させ
た、と学者は述べている。富める国と貧しい国、そして
富む者と貧しい者の格差は新自由主義から資本主義と重

商主義へと形を変え、いろいろと差異さえあれば商品になる時代へ、それは尽きることのない欲望の時代へ突き進む！

　18世紀イギリスから始まった産業革命…東インド会社の貿易の台頭は織物の生産性向上と機械の技術革新を格段に早め資本主義社会の先駆けともなった。その重商主義は資本家と労働者の過度な格差を生じさせる。そして海外植民地化と貿易の富の蓄積と収益を増やし販路拡大による軍事力強化へと突き進む事になっていく。儲けるのは武器商人だ、その損失を担保し国の戦争保険なども扱うイギリスの貴族や資産家の出資のロイズなるものも登場した。

　第二次産業革命は石油や電気を活用し発展した。例えばドイツはイギリスを模倣しオリジナルを作り上げ経済発展を成し遂げた。20世紀のアメリカにおいては技術革新が大衆を生み皆の中流意識を生んだとされる。それはフォードがベルトコンベア導入で流れ作業を実現し効率化による車の大量生産と技術革新を図ったからだ。結果的に労働者賃金の上昇で購買力を生み大量消費の大衆消費社会へと社会は変化していく。第三次産業革命はトランジスタとコンピュータ革命を生んでモバイルとＩＴの科学史上主義へと突き進む。金融はコンピュータによって世界と結ばれ、株式取引等で時間の差異が富を生む時代ともなった。資本主義社会は強力な広告文化産業

も生んだ。ドイツの哲学者は、文化産業が提供する商品は人の心に入り込み操作し操って否応なしに型通りの人間を再生すると述べている。

　第四次産業革命は、ロボットとＡＩつまり人工知能の産業に未来を託すことになる。ロボットや人工知能と会話する時代で人間としての立場はどうなっていくのだろうか。

　これで本当に未来は明るいのだろうか…？

　第一次世界大戦・第二次世界大戦は闘争と征服に生身の人間を非人間化して戦った。仮にＡＩがもしや使われるとすれば人工知能とロボットが全面で戦いを繰り広げる事になる。これまでもそうだったように、これからもイタチごっこで終わってしまうのか真価が問われるところだ。

　人類史の誕生以来何億年の歴史の中で、わずか数百年で人類は機械文明によって地球にトンネルを掘り、地下道を作り、至る所穴だらけにしてしまった。しばしば家の土台などを食い荒らすシロアリを悪者にするが、シロアリは樹木の自然還元の役割も果たしている事を見逃してはならない。地球から見れば人間はもしかしたらシロアリ同様と言うより、シロアリ以下の事をやっていると同じではないのか。大戦中の地下壕・地下砕石場・鉱山跡、巨大な工場廃墟そして今日の大都市建設と地下交通整備網…あげればキリがないが環境破壊のそのものでは

ないか。

　とりわけ日本の明治産業革命は近代化推進の時代で、自然破壊の歴史だと言えるだろう。そのつけは今日の放置された鉱山などに代表される。廃坑から出る高毒水処理にも長年にわたり多額の費用を投入しこれからも何年と続けなければならない。

　20世紀になってからは大量生産・技術革新・大量消費（大衆消費社会）・大量廃棄という音頭に踊らされてきた。その結末は環境汚染とゴミの山々ではないか。

　不幸な原発の事故なども汚染した土や汚染した水も須らくどこかに処理をしなければならない。後の時代にまで環境はもとより多額の税金が投入されることは例外ではないだろう。人類が人間の完全な形のホモサピエンスとしてアフリカに誕生し世界中に広まって10万年経過するという。そして今、世界中に100か所以上あるとされる原発の核の放射線ゴミは10万年以上も正しく管理しなければならないそうだ。そのうちには地殻も動くだろう、もしも地表にその埋めた物が出て来たら後の世代はどうすればよいのだろうか。…人類の命が無難に続いていたならばの話ではあるが！

　目先の利益ではなく、長いスパンで自然環境にやさしいか、自然に還元するまでの対費用効果はどうなのか、総合的に検討しどちらが得かじっくり考えてみてほしい。いずれ、造ったものは耐用年数がありそのまま放置

されれば環境破壊は必至だ。地方も都市も限界集落化の
傾向も止まらない。特に都会の地下はアリの巣のごとく
だ。もし何か自然災害があった時本当に大丈夫なのだろ
うか、首都直下型地震もとりざたされているというの
に！　高層ビルや深い地下街そしてインフラ整備は老朽
化で補修するのにも多額の費用が掛かるスパイラルに陥
る問題もある…。

　自然の地殻移動の力や自然の猛威に人間の造った巣は
もろくも崩れ去るのは廃墟と化した世界遺産などから歴
史的事実として証明されている。ともすると、便利な社
会だけを求めるだけで都市建設が進められているが、開
発はその点も勘案しつつ最低限のバランスで行なっても
らいたいと願わずにはいられない。絶対いつか自然の
しっぺ返しが来るのだから。

　農業は狩猟民族が定住するための手段として始めたと
され、それは中石器時代で文明発展の礎となった。

　古代１万1000年前の中近東の肥沃な地帯に発達を遂
げた農業は人口の増加による食料の備蓄や生産性向上の
ための分業を発達させた一方、それを征服者から守るた
めの権力と武力の強化にもつながってきた。

　生産性の向上と効率化はリスクも生じさせる。より生
産を上げるために単一作物の育成にも走り、小規模農家
の色々な作物の自給自足も出来なくて栄養の偏りにもつ
ながりかねない。働く者の余暇も奪ってしまう事にもな

160

る。収益が上がった者との格差も生まれる。異邦人や外人居留者に頼らざるをえないことも出てくる、それは古代から変わりなく今日まで延々と行われてきた！

　こうして現代の地球規模の人口過剰と栄養不足に代表されるようになった…食料の分捕り合戦が始まる！　食料をより高く売り、儲けようと貿易戦争も始まる！　令和元年のニュースに身近なバナナが連作被害の伝染病の拡大により食べられなくなるのではないかと危惧され、コーヒーは温暖化の影響で生育が出来ず豆の消費に追いつかなる可能性があるとあった。さらにはブラジルの焼き畑農業などによって放たれた火によって深刻な森林火災が発生し地球規模の大切な酸素の供給源が失われてしまうのではないかという報道もあった。自然から生かされているくせに、いつもそのありがたさを忘れ貪欲に突き進むのは人間の悲しい性なのだろうか。

　日本はと言うと、食料自給率1965年は70％あったものが2012年は39％にまで低下している。昔は戦いで手っ取り早く負傷者を出さず勝つ戦略に兵糧攻めという方法もあった。列島改造論や農地改革の文字が躍ったのも記憶に新しい。農業も大きな機械で効率だけを求めて走っては環境の保護とのバランスが保たれなくなるのは必至だと思う。その農家は幾度となく机上論に翻弄されて揺れ動いてきた…。現場に携わったことのない役人が机に向かって立てた理論は理想論である。農業でも他の

技術産業でも同じ事で、その場所や環境などの要因が微妙に絡み合い一律ではない。現場で実際に働いている人間が一番知っていて翻弄され歯がゆい思いをしたことがあるはずだ。言わば農政の失態ではないのだろうか？

　日本に誕生した縄文文化は世界の名だたる文化より長く続いた、その要因は狭いながらもこの恵まれた大地にあったと私は思う。広大な大地の外国とそもそも狭い日本の農業ではやり方が違うのが当たり前ではないのだろうか。貴重な大地を整地し環境を変える農業より今の土地をどのように活用できるかを考える方向に転換をはかるべきだと私は思う。自然と生活を共有した、自然依存型の生活の薦めだ！　とは言え、目の前に置かれている諸問題、今日の諸外国との現状に鑑み生産性向上を目指し単一作物に走り、輸入した食物や肉を食べ、冷凍や輸送技術の向上の意味も解らないわけではない…。

　飽食の時代と言われて久しい。あればあるだけ口に放り込み、美味い食材を求めて走り回る。ＴＶはそれに輪をかけたように大食いなるものの画像を垂れ流す！　一方では食材・調理商品の大量廃棄がいつも問題になる…どうかと思う！　私は生まれ育ちが貧しいので…旨いものがあれば腹いっぱい食わないと気が済まない生い立ちだ！　しかし見栄をはって食ったステーキやフカヒレも満腹になれば後はしばらく食べなくていいと思う。特に成人病なので定期的に世話になっているかかりつけの医

者からはそんなものを食わないでキャベツの千切りでも食べろ…とお叱りを受ける。

　詩人宮沢賢治も綴ったではないか「一日に玄米四合と味噌と少しの野菜を食べ　あらゆることを自分をかんじょうにいれず…そういうものに　わたしはなりたい」と。でもたまには寿司でも食いたいのは確かだが…。

　ふと疑問に思う。昨今の地方の農産物直売所や魚貝の直売所や道の駅が賑わうのはなぜだろうか…なにか問題解決の一つの糸口を提起しているようでならない。

　主役はこの大地！　そしてそこに私たちが住まわせて頂いているのだ！

　この住む土地から得られる物は何かを考えるべきではないのかと思う。素人の考えながら他国が大量生産なら、こっちは多品種生産でもいいではないか！　忘れたが、どこかの地方では急な山の斜面を利用し、焼き畑で珍しいカブ大根を作っていて漬物にして有名になっていると聞いた。岩手には山の斜面をそのまま利用して牛を飼育し牛乳を生産する山地酪農というものがあり、その美味しさから首都圏で人気を呼んでいる。農業も漁業も地方の特徴ある食材と新鮮さを売りにネット通販などで脚光を浴びつつあるのは嬉しいことだ。そしてそれには必ず若い力が携わっている…頼もしいし嬉しくなる。

　小さな耕作地を守る地方の、そして山奥の農業や畜産業は大げさながら環境保護にも役立っている事を忘れて

ほしくない。近隣の野山の草木を刈り払い手入れをする、それは野生動物たちとの境界線の役割も果たし、小さな田畑は生態系も保護することになる。環境美化と水質資源の管理にもつながる良いことずくめではないか。それを政治は地方を切り捨てシロアリの巣のような大都市のインフラ整備に多くの金をばらまく。目先だけではないはず！

　2015年以降、若者の地方回帰現象が生じているという明るいニュースもある。若者の力で環境型保全農業やエネルギー自給を成功させてほしい、そこから互いに助け合う心と生きていける体力も実践し得ることができるのだから。

　日本農業賞が発表されたニュースを見た。その中でユニバーサル農業賞の受賞者の一人が「社会課題の解決の唯一は福祉・高齢・働き方と多様性の集まった人々の循環が出来る農業だ」と言った言葉がとても印象に残った。地方の目につかない田舎にひっそりと咲き散っていく花こそ美しい、環境に身を任せた生涯なのだから…。

　国の予算も新たな開発予算を吟味し、人間育成と社会福祉と災害が生じた時の、そして事前に安全な住処を確保する予算に多くを振り向ける用意をすべき時ではないのかと感じる。極論を言えば貴重な予算を大切にして、新たな道路も鉄道の新たな予算は無くしてもいいと私は思う。そんな予算があるなら、台風や地震等に強い低価

格の家の開発やリスク分散型の社会構成に舵を切るべき
時だと私は思う。さんざん人体の血管の如く開発してき
たのだから。新たに物を造ればその費用と後の修理修繕
費用も出てくる…背伸びしないで身丈に合った国の懐具
合に余裕のある予算を今こそ英断すべきだと思う。財布
の中身も限られているのに借金し見栄を張って子や孫に
負担を負わせることをすべきではない。屋根が飛ばされ
るかもしれない、家が倒壊するかもしれない、安全に住
めるところも無い緊急の時に、その備えもしないで道路
が先だと言う事もないだろう。血税も使い放題の他人の
懐ではなく、自分の懐と思えば我慢も多少はできるはず
ではないのか。

　災害大国日本で安全な所などほとんど無いと思ってい
いかもしれない…山に住めば地すべりや火山の噴火や土
石流・川の近くは氾濫や浸水・海の近くは高潮や津波の
リスクが当然あることを念頭に、我々一人一人の住民も
心して住処と生活圏を構えるべきだ。東日本大震災から
の教訓も生かすべきだろう、スフィア基準（避難所・人
権・生命を守るための最低限の基準）を知る専門家は
「日本の避難所は難民キャンプより状況が悪い」と指摘
したと言われている。そのような点も早急に改善し備え
をしてもらいたい。

　地殻変動による大地震や土砂災害、とりわけ大津波は
日本各地でかなりの高い確率で発生すると予想されてい

る。自然の猛威による台風被害や雪害災害もいつ起こっても不思議ではない危険な温暖化の自然環境に入ってきているので…。自然の猛威は地球温暖化の影響を受けて今後益々強力になることは容易に推測できる。多額の費用を費やすインフラ整備から今すぐにでも個々の家庭の家の屋根や倒壊を防ぐ建物の整備や開発に、目先を早急に変えるべきではないのだろうか。加え、電力や水道なども大規模分散型から小規模集約型に変えてリスクの低減を図るべきだと私は思う。

　さて歴史から学べという言葉がある、ある人類学者は「学問とは目の前の現象の背後にある普遍的で興味深い現実を理解する試み」とした…。背後とは何を指すのだろうか？　人間は本当に過去の事象を学んでいると言えるのだろうか⁉

　科学は未来を切り裂き明るい希望となるのだろうか？それとも開けてはいけない「パンドラの箱」まで開けてしまうのだろうか…おとぎ話の浦島太郎のように開けてびっくり「玉手箱」となるのだろうか？　科学者は新しい発明や発見といつも胸をはる。しかし、たどれば元々から身近にあった物を発見または一工夫しただけに過ぎないのではないか…人の 褌 で相撲を取る事のようで、傍から見てみると滑稽にも見えてくる時がある。

　人類史の要約は『民族人種の争い、宗教間の争い、資源の争奪による争い』に尽きる！　結果として自らの文

明を破壊し生態系と環境を破壊してきた。核シェルターの普及率はスイスが100%だという。そんなものを造らなければならない悲しい現実があるのだ。

それにつけても古代の人々の方が知恵と思考力は優れていたのではないかと思ってしまう。コンパスや計測機器も無い小型の木造船で貿易航海する技術と知識、ピラミッドなど造る土木・測量・建築技術や巨大な石を切り出し運ぶその技術は本当にすごい。今日のような大型機械も無いのに。東洋医学に関する医術もしかり。哲学や宗教の論理を考え出しその考えに枝葉を付ける思考力、そのほとんどが優れている…そんなほんの少しの事だけ比較しても本当に現代の人間は進化したのだろうか疑問を持つ！　単に手に持つ道具が石から硬い鉄に代わっただけではないのだろうか!?

人類は爬虫類や魚類等々よりも一番遅く地上に登場した。マンモスの絶滅の一因に環境の劇的変化と食用による捕獲の過ぎがあるらしいというも推測もある。古代ピラミッドもモアイ像も荒廃は近郊の森林の伐採のし過ぎではないかという研究もある。

食べ飲むために捕り尽くす、身勝手に自分の都合の良いように自然を変えようとする。古代も今も人間のやっている事と類似しているではないか。難民も移民も人々は平穏な暮らしを求めて揺れ動く…。

対して一人一人だと良い人なのに、対して複数になる

となぜ人は心が豹変しいがみ合うのだろうか？　個人と
個人も…国と国も！！　たかが65％の水と37兆個のパー
ツ細胞のもろくてはかない塊が自然を破壊し互いを傷つ
け横柄で傲慢にふるまうのはなぜだろう？　細胞にわず
かでも異変が生じればたちまち消えてしまうような淡い
命なのに！　進化とは設計なき適応だという学者もいる
が本当に人間は進化したのだろうが退化したのだろうか
あまりにも酷すぎる。動物より少し大きい脳を持った入
れ物の自分に正義の心と道徳心があるかどうか、平和を
求めているかどうか確かめてみる事の方が先決ではない
のだろうか。

　世界の様々な宗教は何を目指しているのだろうか？
古代の神話を研究した研究者は自らの外側にあるものが
何か人生に構造を与えているのではないかと考えて「歴
史や技術制度や社会によって条件づけられたものをあた
かも自然のように見なす事はせず、ある思想などを定着
させない」脱構造を提唱したのも興味深い。仏教の基本
思想の唯識の中では、他の人のお陰で自分は生きている
故に感謝の心を持つようにとも教えている。自分の欲を
抑え分け与え善なる精神を持つ人を上品、欲ばかり深
く他人の物も欲しがる者を下品で自分勝手の我利我利と
言うのだそうだ。自分の心の中に今どんな精神と行い、
心構えが宿っているか見つめ直してみるのもいいかもし
れない。それは人類共通に個人にも国家にも当てはまる

と思う。人間は人種も肌の色も関係なく、一人一人違い三人三様なのだ…だから互いに助け合わないと生きていけない動物でもある事を忘れてしまったのだろうか!!人種や民族それそれぞれ多様性はあろうが一本の人間としての道徳・モラル・筋道は必須なはずだと思う…。

　加えて私たち人間はこの地上においては、一時的居留者に過ぎないと考えるべきだろう。人間一人の命の時間などは長生きしたってわずか100年前後がせいぜいで、地球の営みの歴史からしたら一瞬の目の瞬きにも満たないかもしれないのだ。

　家に防犯カメラを設置し高い塀を設置し警備会社に頼るような、人も信用できないような時代となった…。

　何処かの国では国境にうず高い塀を巡らそうと頑固にその主張を曲げない。アメリカには悪人の銃を善人の銃が制するという考え方があると言う。しかし銃は人を殺傷することには変わりはないだろうに。

　ある研究では、人が流動的に動き暮らして、民族部族の人と人との流動的な混血が成されないと人口が減っていく傾向があるのだと言っている。これも興味深いではないか！　今は自滅の一歩手前なのだろうか？

　歴史は不勉強と無知と身勝手な暮らしから生ずる対立と闘争と破壊の繰り返しの悲劇であったと結論付けていいと思う。何か事があると、大切な命を守るため…と口々にいつも言う。だが結果として何も守っていないで

はないか！

　世界の平均気温は18世紀後半の産業革命の前と比較して約1℃上昇していると言われている。

　今、そして人類は活路を宇宙に見出そうとしている。私は思う、皮肉を込めて。宇宙にゴミをばら撒くそんな時間があるなら自分の頭の中に本当の人間の心があるか整理し共に住む地球に何ができるか考えてみるのが先ではないのかと。

　生命科学と称して放射線や紫外線や化学物質を使ってＤＮＡ遺伝子に変異を入れるゲノム「遺伝子情報」の研究もなされている。素人考えながら原発の二の舞にならなければ良いのだがと危惧する。

　地球5億年の歴史、その培って来た自然をわずか数百年でボロボロにしてしまった。そして人は自分には成し遂げられない事の自然現象を不思議と呼ぶ！

　2014年のNational Socio-Environmental Synthesis Centerの研究では過去5000年間の歴史を顧みて、文明衰退の要因に人口・気候・水・資源・農業を挙げた。そして過去の文明崩壊のモデルを踏まえると現代文明の崩壊までの時間はわずかしかなく、一度崩壊に向かう力学が発生すると不可逆的だと指摘しているという。

　相も変わらず、人間は進化か退化が知らないが謙虚さもなく不勉強、無知、招く結果も気にしない身勝手な生活で生態系の破壊と環境破壊を尽くし自らの文明の崩壊

へと皆を道連れにし去っていくのだろうか…。ＴＶのサイエンス番組である生態系研究の専門家は次のように語った、ほとんどの命は食物連鎖によって数が保たれているがクラゲと人間は食物連鎖の対象外なの増え続けている人間は生態系には厄介者で害となっているのだという。人間の生態系破壊は有史以来変わることがなく繰り返されてきた。いくら成功者や時の権力者と名をはせてもほんの一瞬の線香花火のごとく命ははかないのではないだろうか。詩人松尾芭蕉は東北を旅して「夏草や　兵どもは　夢のあと」と詠んだ…ほんの少し前の昔のその多くの人々の面影さえもその地には全く見られない。自然は時間と共に消し去ってくれたのだ。

　野山の花々は美しく咲き誰にも見られることなくひっそりと大地に還っていく！　我々人間も与えられた美しい環境と共生し自然環境を破壊せず優しく手入れしながら次世代に命を託し自然に還るのが自然からの教訓だと思う。

　お借りした部屋だって立ち退き時には汚したところは綺麗にして立ち退かなければならないのは当たり前の常識、同じように自分の住んだ土地も使ったら感謝して更地に綺麗にしてお返しするぐらいの謙虚な気持ちでお互いにこの土地、地球に住まわないといけないはず…その常識も通じないぐらい人間性を失い道徳は退廃してしまっているのだろうか？

　枝葉は風に揺られ大きく右往左往ゆれ動く…ともすると
そちらに目を奪われかねない、しかし我々はその揺れ
動く枝葉のような世の中の流れに一喜一憂することな
く、今こそどっしりとした幹を見る目を養いたいと思
う。要点・核心・本質を見極め不要な点を削り落とすテ
クニックと目を互いに養いたいものだ。

　基本は古代から変わらないはず、食べて力を得るため
に獲物を捕りそして次の世代に命をつなぐ…これが最低
限出来ていれば良しとすべしと。人間の生きざまとは持
ち物の多さではないだだろう、自然と調和し互いに会い
助け合いつつましくも与えられた命をいかに生き抜いた
かではないだろうか…。

　多数決の原理から成る民主主義は『倫理』の土台が無
ければ意味を成さなくなる。秩序を守り人間として互い
同士が不快な思いをせず迷惑をかけず相助け合い、国と
国同士も個人と同様で利己的にならずに平和の構築に努
める事が結論ではないだろうか。だから「確かな情報処
理能力」をお互いに培わねばならない。現実を見つめ自
分は今どの位置にいるのかどこに立つべきなのか、人間
本来のあるべき姿と立ち位置を確かめながら…。

　机上論ではなく自然論で黄金の国ジパング『美しの
国』をいつまでも存続させることに知恵を出し合ったら
と思う‼

172

最近思う事と気付いた事など

　秋に面白い珍事件が起きた事を思い出す。洗車した車の閉じたボンネットの中のバッテリーの上に生の柿の実があった、私はきっと走っている時に道路に飛び出した柿の実を巻き上げた時に偶然そのバッテリーの上に載っかったのかなと思っていた。その柿は綺麗な状態だったので干し柿にした。それから10日ぐらいして寒くなるので不凍液を入れようとボンネットを開けたらまた握り拳ぐらいの柿が載っているではないか。よく見ると口ばしでつついたような跡がある、近くの林を塒にしているカラスの仕業だったのだ。カラスは7歳児ぐらいの知能があるらしい、餌を貯蔵しておくとはあっぱれだ〜！水道の蛇口をひねって水を浴びるカラスもいると聞いた。

　庭に大小様々な小鳥が毎日のようにやって来る。餌を探して小枝を飛び回るシジュウカラやヤマガラの目を傷めないように木の枝を間引こうと思った。私は以前に庭木の手入れをしていて小枝で自分の目を弾いたことがあったからだ。でも家内がバカな真似はやめろと言う！鳥はめったに怪我はしないと言うのだ…なるほどと納得

した。その小鳥を観察していて気付いたことがある。当たり前の事ではあるが、人も動物も目は大抵二つで前方を向いている。何故か？　もちろん獲物を取るために目標をしっかり定めることは第一なはず、でもそれでなく別なものに目を奪われで思いが乱されないように集中するためではないかと私なりにふと思い浮かんだ。人間であれば様々な問題が生じたり悲しい出来事が生じたりして押しつぶされそうになる。でもしっかり生きるために思いを未来に向けて歩むようにという意味も込められて出来ているのではないかと思い感心した。

　冬の話である。青森県の下北半島に生息するニホンザルが雪の上ではなく電柱に張られた上下の電線と電話線を伝い大移動する姿がTVで放送され一時話題になった。猿が立つと丁度よい高さに張られていた線を利用し、上に張られた線は手で下の線は足で掴み集団で移動する…冷たい雪の上を歩くよりよほど快適なずだ…互いに助け合い誘導し合う猿、もしかしたら人間より雑念が無いだけに賢いのかもしれない！

　白鳥が北帰行の季節には、それは高く舞い上がり互いに声を掛け励まし合いへの字に編隊を組んで飛んでいく。夜に帰っていく群れもある。微かに聞こえる白鳥の声に…寝床の中から気を付けて帰れよぉ～と、心でつぶやく！　秋に飛んでくる時は比較的低く飛び羽音も聞こえて嬉しいが、春に帰っていく時は高く舞い上がるので

何か寂しくなってしまう。動物も植物も過酷な中でも
しっかりと知恵を働かせて生き、与えられた環境でその
役割を精一杯果たしている。

　早春の事だ、庭にふと気付いたら何と残り雪のわずか
な間からスイセンが可愛い黄色の芽を出し始めている。
寒い朝で青木の葉っぱは二つ折りに閉じて太陽の暖かい
光をじっと待っているというのに。草花は季節をどのよ
うにして感じ取っているのだろうと不思議に思った。
ボーッと生きている私などより余程季節に敏感だ。耕し
ておいたゴロゴロした土の塊も霜柱の働きでサラサラし
た土に代わっている花を植える時期ももうすぐ近い。い
つだったか聞いた事がある、降り積もった雪は上空の寒
気を遮断し下の昆虫や草花を保護しているのだと。そう
した目で見ると霜柱が地面にしっかり立って重い雪を押
し上げている姿はたくましく見えた…自然は素晴らしい
限りだ！

　地質学的には、恐竜の時代も含め過去５億年の間に
「大量絶滅」が５回あった。そして環境問題などを含め
て考えると今度は人類の番ではないかとさえ思うと、あ
る日本の考古学者が語ったのも興味深い！

　人間の体内の腸内には様々な細菌が生息し活躍してく
れているらしい。その腸内細菌は人種や住む環境によっ
て微妙に違うらしいのだ。そうだとすれば上品なふりを
して食べる外国の輸入食材よりも生まれ育った土地の野

菜や作物「地産地消食材」を頂くことが一番体に良いに違いないとつくづく思った。

　令和２年の新春早々に新型の感染症騒ぎが始まった。利益優先で太鼓をたたき、観光客を呼び込み煽った挙句の付けが回って来て大騒ぎだ。ある一部の専門家は当初そんなに心配はいらないと述べたが、どんどん感染の脅威と経済的打撃は増してしまった。どうも私の目には福島の原発事故とダブって見えてならない。専門家は楽観視したが、原発は目の前で爆発し、新型コロナウイルスは増殖しているではないか！　目先の人参に食いつき踊らされてならない教訓ではないのだろうか。

　ニュースでアマゾンのジャングルの森林火災が最悪の状況で地球の肺が失われるのではないかと危惧されていた。そのジャングルの森の奥に住む文明とは無縁の未知の少数部族はどうしているのだろうか。特集番組で見たある裸部族の女の子がＴＶ撮影クルーの一人の眼鏡に興味を示し額にかけてもらって不思議で嬉しそうにしていた。そのあどけない表情の無垢の笑顔を思い出してならない。生まれ育つ大自然の環境の中で自然に逆らわずに生きている彼らがなんとか無事でいてくれる事を願ってやまない。

　風呂に入っていて気付いた、両手も両足も同じ高さに合わせるとわずかに隙間が出る…が指１本分ずらせばぴったり収まる、どうしてなのだろうと考えたら閃めい

た、互いに我を張らず片方が半歩下がれば問題は少なくなるのではないのか？　と…もちろん家内とのいざこざも自分が引けば気持ちも収まるだろう。

　時間に余裕があると、いろいろな事に気付く。…我が家の前の道路は雪がある程度積もると除雪車で払ってくれる、だが道路に日の当たり具合で日陰はなかなか解けないで氷になる、その場所を見極めて解けない方に重点を置いてほしい。バスが通ってもすれ違えない場所も出てきてせっかくの有難さが半減してしまう。何事も杓子定規の役所仕事ではなく、臨機応変と要領の良さで仕事をしてもらったらもっと有難く思うのにといつも思う。

　環境の美化もそうだ、行政も手が回らない。だが暇老人もいる。様々な規定や課題もあるのだろうが柔軟な発想で近郊の草刈りや細い木々の伐採手入れをエリア指定で任せてみても面白いのではと思う。各町内会単位などでの取り組みもあるがマイペースでは出来ないからだ。

　仕事と遊びと町内一層清掃のバランスも気になる。私も昔はそうだったが、仕事があるからと逃げて家内に押し付けた！　しかしいざ自分がやってみると中々大変な作業だと感じる。そして家の周りの清掃と環境の美化は住む住人の心をも表している。いくら立派な車や家に住んでいようと周辺が汚ければそのゴミも飛んで来て心も貧しくなってしまうのはお互い様なはず。町内会の班長の当番で広報誌を各家庭に配りながら気付いた、少数な

がら庭が荒れ放題で雑草が元気にのびのびと隣までフェンス越えで華やかにしてくれている、住人の性格がわかるような気がする…無頓着なのか忙しすぎるのか？　とりわけ我が家の駐車は周辺の枯れ葉などの吹き溜まりとなり多くの袋を出すはめになる。ある日近所の奥さんが散歩に出かけるのにお会いした。挨拶とご苦労様を言われたので、冗談でピン札でも飛んでくれば良いのにぃさぁ〜…と言ったら笑われた。口先と頭は悪くても根性だけは曲がってはいない、ずる賢く利他心の無い自己中心的な事はまっぴら嫌いな方だ。

　隣近所の事もある…車の出入りする公道を雪払いもしない無神経な人もいる！　窓を開けて聞こえる犬の鳴き声にも悩まされる！　朝から晩から聞こえる近隣の家の湯沸かしボイラーの騒音には老人特有の耳鳴りに共振して気持ちが悪く、病に伏している家内もストレスに感じているようだ！　隣の庭からの雑草も境界を越えて伸びてくる！　健康で働き盛りの時は気にもしなかった些細な事柄が最近気になるのは歳のせいなのだろうか。

　他人の粗はよく見えてしまう。これも暇老人ならではの時間の持て余しなのか？　とはいえ自分も知らず知らずに多少ご迷惑をかけているかもしれない。マイナスとプラスでゼロと思えばそれで良いとするべきか…！　冬の雪払いは腰の痛みの訓練と思って頑張っている。春夏秋は狭い庭に隣から伸びてくる雑草を取り払うのも暇つ

ぶしにはなる…。互いに不快にさせない努力と迷惑を掛けない努力、望むなら思いやりと助け合いぐらいは礼儀として心がけたいものだ。病気も災害も自分が遭遇して初めて他人の痛みと辛さが解るものだ。

　近所付き合いの秘訣を３匹の猿が教えているではないか［見ザル・聞かザル・言わザル］と。それが一番いいのかもしれない…いざこざが少なくなるから。正し我慢にも限界がある事も事実だ。

　本当の財産は『豊さでなくて健康で、風呂・トイレ・台所・寝る場所があれば十分』だと震災にあって生き延びた方が言った言葉が耳に残る！　そう考えれば、加えて我が家には冷暖エアコンも１台ある。これで十分すぎるだろう…。何とかしばらくは、もう少し生きることになるのかもしれない。

　毎日が掃除や洗濯や家内の介護に追われるのもまた小まめな性格上楽しい領域のような気がする！　昔から比べれば道路事情も交通網も格段に良くなっているのに年ごとに生まれ故郷が遠くなっていくようにも感じる。今、クラシックギター曲の最後のトレモロを録音しておこうと練習中だ。私が亡くなった時に子供たちが曲を聞いてポロリと涙するように～と。

　明日の命は誰も知らない。だから皆が誕生日を祝い、特別な日は互いに健康を誓い合い称え合う。

　しかしそれにしても、これからの世がどうなっていく

のかが気なってしまう…。
　あの世のことではない！　この世のことなのだ！！

著者プロフィール

今野 幸正（こんの ゆきまさ）

宮城県気仙沼市生まれ。
岩手県盛岡市在住。
奥州大学（現富士大学）卒業。
大手新聞社系列広告代理店に勤務し定年退職。
平成20年、「旧南部藩領の消え行く茅葺『曲り家』」出版。
平成21年、「みちのく岩手の消え行く茅葺『直家』」出版。
〈第3回 全国新聞社出版協会 ふるさと自費出版大賞優秀賞受賞〉

暇老人から見える世の中 ──なんか変でねぇが!?

2020年6月15日 初版第1刷発行

著 者 今野 幸正
発行者 瓜谷 綱延
発行所 株式会社文芸社
　　　　〒160-0022 東京都新宿区新宿1-10-1
　　　　　　　　　電話 03-5369-3060（代表）
　　　　　　　　　　　 03-5369-2299（販売）

印 刷 株式会社文芸社
製本所 株式会社MOTOMURA

©KONNO Yukimasa 2020 Printed in Japan
乱丁本・落丁本はお手数ですが小社販売部宛にお送りください。
送料小社負担にてお取り替えいたします。
本書の一部、あるいは全部を無断で複写・複製・転載・放映、データ配
信することは、法律で認められた場合を除き、著作権の侵害となります。

ISBN978-4-286-21492-4